パッサカリア

ロベール・パンジェ

パッサカリア

堀千晶訳

水声社

フィクションの楽しみ

静けさ。灰色。どこにも乱れはない。機械がどこか壊れているようだけれど表面上はなにもわからない。振り子時計が暖炉のうえにあって、針が時刻を告げている。

誰かが冷えきった部屋に入ってきたところだった、邸全体が閉め切られていた、冬だった。

灰色。静けさ。机のまえに坐っていたようだ。寒さに凍えながら、夜の闇が下りるまで。

冬だった、庭は枯れ果て、中庭には雑草が生い茂っていた。数カ月間誰もいなかったようで、すべてが秩序立っている。

そこに続く道に沿って広がる畑にはなにひとつ生えていなかった。カラスが飛び立つ、いやカササギかもしれない、われわれにはよく見えない、夜の闇がまもなく下りてくるだろう。

暖炉のうえの振り子時計は黒い大理石製で、金色に丸く縁取られた文字盤にはローマ数字が刻まれている。

厩肥〔旧約聖書のヨブが味わうような「極限的な困窮、悲惨さ、苦しみ」の意味もあり〕のうえで死んでいるところを発見される数時間前その机に坐っていた男はどうも一人ではなかったらしい、番人が見張っていたのだけれど、自信たっぷりのこの農夫が灰色の冷えきった日に目をとめたのは死者だけだった、鎧戸の隙間に近づいたかれは、死者が振り子時計の調子を狂わせ、それからぐったりと椅子に坐り込んだまま、机に肘をついて、頭を両手にうずめているのをはっきり見たらしい。

耳がよくないので、聞こえてくるこのささやき声も信用できない。

古い建物に囲まれた長方形の中庭には、敷石がきれいにしき詰められていて、北側つまり入口のほうには白い木製の門とピンク色の紫陽花の植込みがふたつあって、南側には納屋と豚小屋のあいだのすこし奥まったところに、春に最盛期を迎える菖蒲の花壇が設えられている、日の沈む方角には住居があり、日の昇る方角には楡の若木の森が広がっていて、中庭の中央には噴水、円形の古びた水盤、口から水を吐くキマイラ像〔「空想、絵空事」の意味もあり〕がある。

物語がはじまったのはこの時よりかなりまえのことなのかもしれない、だがくれぐれも慎重に、注意を払うとしよう、二つか三つの挿話でさえようやく明らかになるといったありさまで、情報源はいつも当てにならないし、このささやき声も沈黙としゃっくりのせいで途切れがちでほとんど聞きとれない、だとすればわれわれはそんなものを当てにしないで調子の狂った振り子時計の時刻からはじめたほうがよかったのかもしれないのだけれど、さてどうしたものか。

　ある春の日かれは机に坐っていた、ちょうど外から帰って来たところで外は陽射しであらゆるものが光輝いていた、手にしていた菖蒲のブーケを落とし、ふいに意識を失う、そのあと昏倒から回復して花を拾い集めて花瓶に挿し、振り子時計のわきに置いたのは、あと数時間もすればつぎの季節に移るような時節で、菖蒲だとしてもおそらく晩生の品種だった、よく聞こえなかった、もしかしたらハクサンチドリかもしれなくて、ハクサンチドリのブーケだとすれば野原の植物がいっせいに花咲く盛夏の時期のもので、人びとは摘み取った花を持ちかえるかれの姿を目にしていた、あんなふうに邸を花で飾るなんていったいどんな男なんだろう、孤独のせいで道を踏み外しているんだ、愛着《パッション》の理由なんて説明できるわけがない、奇癖の数々、われわれには決してわからない、くれぐれも慎重にいこう。

　とにかく決まった日に番をするよう頼まれていた例の隣人の男しかいなかったみたいで、かれはじぶんの奇癖についてなにも説明しなかったけれど、たんまり給料をもらっていた男のほうはいやがる素振りも見せずにパイプをふかしながら見張りをしては妻と交替するのだが、かのじょのほうはというと山羊の世話をしたり編み物をしながら編み針のうえにかがみ込んだりしていて、顔をあげるのも忘れて気づいていなくて……

　静けさ、灰色。死体が厩肥のうえに腹這いになっているのを下校途中の隣人の子どもが楡の若木の向こうから発見して近寄り、生気のない軀《むくろ》の肩にそっとふれると、家にいる母親のもとへと一目散に駆け出した、夕闇が下りていった、菜園で働いていた父親に声をかけ、みなで現場に戻った、ちょうどこんな成り行きだった、死体はすでに硬直していた。

かれが頭をじっと両手にうずめていたのは、体調がほんとうに悪いというよりは放心状態のせいで、何時間も、寒さに凍えていた、それから立ちあがって庭の散歩に向かうとき鎧戸を開けなかったのは夕闇が下りてゆくところだったからで、楡の若木のあいだに下校途中の子どもを発見すると、たぶんこの子に身ぶりで合図した、井戸をぐるりと迂回しわずらわしい記憶を振り払いながら、ウマゴヤシの草地を抜け収穫期を迎えたトウモロコシ畑へと足をのばした、冬だった、そのあと甜菜畑から森へ向かったらしい。

そんなわけで隣人の男、その妻と子どもは確認に向かった、夜になっていた、懐中電灯をかざしながら、死亡を確認すると夫はかれの邸に運ぼう、そっちの腕の下を持ってくれないか、ぼくはこっちを持つからと言った、かれらは死体を寝室までひきずってゆきベッドに横たえた、妻は汗をかいていた、こうなった以上役場に知らせなければならなかったので夫はぼくが行くよ、ぼくが戻るまで邸に鍵をかけておくことにしよう、おなかを空かせているだろうからうちでこの子になにか食べさせてやってくれないかと言った、かれが死体を間近で見るのははじめてではなかった、妻と子どもはその場を離れ、かれが扉を閉めた、鍵は錠前にささっていた、向きなおったかれが、建物の正面《ファサード》に灯りを向けると鎧戸はすべて閉め切られていて、事件性を示すものはなにもなく、証人もいなかった、冬のこの灰色の日に邸の持ち主が様子見のために帰宅し、錠前に鍵をさし扉を開けたこと、われわれには決してわかりっこない、くれぐれも慎重にいこう、それから村のほうに向かったことを知っていそうな者は一人もいなかった。

そこに続く道に沿って広がる畑にはなにひとつ生えていなかった。カラスが飛び立つ、いやカササギかもしれない、われわれにはよく見えない、夜の闇がまもなく下りてくるだろう。

機械がどこか壊れている。

かれは本をめくっては古ぼけた幻像《イメージ》を眺めて歓びに耽っていた、奇妙な男、愛着の理由は説明できない、消え入りそうなささやき声が陽気な華やぎのない日々の記憶を何度も繰り返していた、たとえばドクターとの会話、敷石をしき詰めた中庭を行き来すること、孤独。

畑を突っ切るとき厄介なのは三キロ先の道に戻ることで、この季節だと土の道はぬかるんでいるうえに冠水した草地があって左に迂回しなければならないし、その先の松林に隣接する沼地《マレ》もかなり異様な場所で、無数の鳥の骸骨と羽根がキイチゴに交じって散乱していて、文化のただなかで自然が勢いを取り戻すと処女林よりずっと不気味だ、それからさらに右に曲がると、古い採石場、茨の生垣、耕されて土が柔らかくなった区画があって通り抜けるのに難儀せざるをえない。

冷えきった灰色の朝に隣人の男が町まで下りていったのは、畑の泥にはまったかれのトラクターの始動機《スターター》がまったく動かなくなってしまったと整備士《メカニシャン》に知らせに行くためで、前日モーターを一晩中いじってみたものの、さっぱり見当もつかなかった、整備士がそのうちレッカー車で登ってきてくれるはずだけれど、同じトラクターに夏に支払った金額とあわせてひどい出費だった。隣人の男は前日の晩、懐中電灯と耐風ランプの灯りで照らしながらモーターをいじっていて、そのランプはまず座席に置かれたのち、前輪の左タイヤのうえで静かに揺れていた。

それなのに編み物のうえにかがみ込んでいた山羊飼いの女はかれが近づくとびくりと跳びあがるので、なにかうしろ暗いことでもしているのかいとかそんな冗談をかれは言った、われわれにはよく聞こえなかった、女は笑った、口は歯が欠けていて、頬は片面だけ赤い林檎のように紅潮し、左右で色のちがう小さな眼をしていて、したたかな女だという評判だった。

そんなわけで土の道を通って森のほうに向かったのだが沼地の水深が急に変わる場所でそれ以上進めなくなってしまい、森に辿り着くのに一キロ近く迂回する羽目になりそのあと松の植えられた小さな丘に抜けると左手の数百メートル離れたあたりでトラクターが泥にはまっているのが目にとまってそしてそれから整備士を乗せたレッカー車が道をやって来るのに気づいた。あとずさるしぐさ。見られるのではないかという不安。

そのあと閉め切られたこの部屋でふたたび読書をはじめ、何時間も、寒さに凍えていた、夜の闇は深かった、鎧戸の隙間に誰かが張りついているのでもないかぎりこの季節にかれがいるだなんで誰もおもわないはずだ、山羊飼いの女は家畜たちを連れてずいぶんまえに帰宅していて、隣人の男も町から戻っていた、冬だった、雨が降りはじめ、最初の雨滴が中庭の敷石を打つ音が聞こえた。

厩肥のうえのこの死体。

モーターがどこか壊れている。

中庭に雑草が生い茂っているいまとなっては、かつての敷石は面影もないけれど建物同士の調和は依然美しさを保っていて、わずかに変化したのは北側のトタン板の納屋の様子、日の昇る方角の楡の若木が数本増えたこと、それに井戸蓋のうえに置かれた石が減ったことくらいだった、だから欺こうという意図なんてどこにもなくても、しっかり注意していなければ変化にはなにも気づかないはずだ、しあわせな日々はもう終わりを告げていた、たいしたことはないと高を括っていた孤独は耐えがたいものとなった、本のなかの幻像《イメージ》も色褪せて見えた、鎧戸の大きく開いた隙間を通して外から誰かがランプの灯るこの冷えきった部屋と机に肘をついて読書する男の姿をはっきり見た、もうかれは身動きひとつしない、振り子時計の針がばらばらと文字盤から落下した。

かれらが町長とドクターを連れてやって来たのはそのときのことだ、扉は開いていて、ほどなくして机にぐったりのびている男を見つけた、本が床に落ちていた、かれらはすでに硬直していた死体を起こそうと、暖炉わきの肘掛椅子のうえに死体の身をまるく縮こまらせたままこんなふうに斜めに置いて、弛緩してくるのを待った、寒さのおかげで死体はまだ腐臭を放っていなかった、届出を済ませるまでの数時間のあいだ隣人の女が整えたベッドに遺体を安置しておくことになるが、生存者がいないのでこの手続きは簡略化されるはずだ、かれらは机の抽斗に判事に渡す遺書を見つけ、どんなことが書かれているのか想像をめぐらせていた、建物にはまったく価値がないので、すでに相当な廃墟を数えるこの土地にまたひとつ廃墟が加わるだけのことだ。

楡の若木のかたわらにいるなにかにふいに目をとめた番人は、じっと待ち構えながら、納屋のほうにある森の出口を見守っていたのだが、もうなんの姿もなかった、そこまで見に行ってみても、人の気配はまったくない、夜は幻影を引き連れて闇を深めていった、こんな夜に幻影がどれほど魅惑的なものとなるか誰にもわからないだろう、くれぐれも警戒して、惑わされないようにしなければならなかった。

ドクターへのあの深い友情があって、何年も、二人は相手なしではいられなかった、夜の闇が下りるまで森を散策し、暖炉のかたわらで会話する、そんなたわいない日々にもかかわらず互いに相手を裏切ることなく、連れ合いとして道半ばまでやって来たのに突然片割れが死んでしまい、残された方はじぶん自身がいきなり他人になってしまったようで、どんなことにもまったく興味が湧かなくなってしまった、もう暖炉に火が灯ることもなかった。

生垣の隅に陣取っていた農夫の説明によるとかれが見たのは整備士がレッカー車に乗ってやって来るところで、整備士は道沿いに沼地へ向かう途中だったのだが、どうせ今回もしょっちゅう故障している隣人の男のトラクターだろうと農夫はおもった、前年に中古で購入した機械《トラクター》は面倒を起こすばかりで、ようは新品に代わるものなんてないということなのだけれど、まあこうなったのもしみったれたけち根性のせいで、農夫はかれのことをよく知っていたのだが、若いころからびた一文たりとも多く出そうとしない奴で、それでもなるべく不満を漏らさないようにしていた、整備士のほうは文句をつけたいとすらおもっていないらしく、修理はじぶんの仕事だからといった様子で、その整備士のかれがどうやら合図を送って寄こしたみたいで、見習いを連れていた。

いくつかの幻像《イメージ》を拡大し、かすを取り除き、その闇を深めてゆくなら、相互に入れ替え可能な幻像《イメージ》同士のあいだに生ずる埋めがたいずれのなかから、あるとき、攻撃本能と混乱に満ちた脱線と敗走の世界がにわかにあらわれるだろう、それこそまさにこの机で、何年も放置された跡が亡霊のように染みつくこの冷えきった邸で、かれの取り組んできた課題だった、この邸ではすべてが郷愁の響きを帯び、恐怖を引き起こす夜もあった、夜に出没する幻影のせいで、せっかく思い出した記憶もなにひとつとしてもとのままではいられない。

余白に書き込む作業。

一方でドクターは通い続けていて、その日かれは旧友と一日過ごそうと朝十時ころ主人の邸を訪ねた、当時かれはもう患者を診ていなくて、ほとんど引退していた、誰も見当たらなかったので、邸の裏手にある南側のテラスに腰を下ろすと、その姿は門からは誰にも見えなかった、主人は沼地の森か森林を散策しているようだけれど昼前には戻るだろうと考えていると、決まった日に番をしているという農夫が十時半ころ小径を抜けてやって来たらしく、中庭に誰もいないのを見てとると台所のほうへ向かい、家にあがり込んで女中の頼んだ鴨を机に置いたあと、そのままましばらく台所にとどまって、机の抽斗を探ってからさらに食堂まで忍び込み、主人が書類をしまっている大きな戸棚をあさった。

静けさ、灰色。小径を走るレッカー車の騒音におびえてカラスが飛び立つ、いやカササギかもしれない。鉛色の空、霜の痕跡。

冷えきった邸の机で主人はふたたび本を手にし、ささやかれた言葉の余白に書き込みを続けていた、われわれにはよく聞こえなかった、暗闇、夜にうごめく幻影、外部へと通ずるひび割れがないかぎり、あの物語は秘せられたままだろう。機械がどこか壊れている。

それにもかかわらず家政婦はきっかり夜七時に暗い部屋に入り灯りをつけると、まあいらしたんですか、お仕事をしていたなんておっしゃらないで下さい、そんなふうに夢想に耽っていらしてよろしいんですか、お食事の準備をいたしますよと言った、かのじょが書類を左のほうにやると、かれは立ちあがり火を熾した。

いくつかの幻像《イメージ》に付着したかすを取り除くことで、幻像《イメージ》の連なりの奥底に混乱に満ちた脱線と敗走を、悲惨さを、それからすこしずつ訪れる静寂を見出すこと、この作業にいったいどれほどの歳月をついやしてきたことだろう、暗闇の濃密さは十分だった試しがなく、幻影はしゃっくりのように途切れとぎれにしかあらわれない、夜がふいに姿をあらわすのはもう誰も望んでいないときだけだ。

語られたのはみずから仔細に想像してきたじぶん自身の死の物語で、その物語は歳月とともに膨らんでゆき、夜の成り行きによって悲劇的なものとなったり感動的なものとなったりした、暖炉のまえの机に置かれた安物のブランデーの瓶のせいで、ドクターは霊柩車に揺られながら眠ることになり、相方のほうはじぶんの記憶に新たな挿話を混ぜあわせていて、それが次回の執筆の題材となったり、あるいは眠る直前にその挿話を決定版から削除したりしていた、それなのに夢がすべてを溶かし込み、順序を滅茶苦茶にしてしまったうえに、語り手自身には物語をもっともらしく仕上げる時間《あす》も残されていなかった。

番人が目撃したのは整備士が沼地ではなく逆方向に向かうところだった、ドクターはテラスに腰を下ろすまえに邸の周囲をひと廻りし、台所から入ろうとしたが閉まっていた、女中が外出している日のようだ、収穫の時期だった、南向きのテラスはこの時間にはもう窒息しそうなほど暑く、ドクターが鉄製の机の真ん中にパラソルを立て、青い縞模様のデッキチェアのうえに身体をのばして、部屋から持ってきておいた古ぼけた幻像《イメージ》がいくつも載っている本をぱらぱら眺めていると、鴨を手にした男が中庭から声をかけてきた、ドクターが返事をすると、男はかれのところにやって来て机のうえに家禽を置いた。

テラスから川のほうに下りてゆくとひな壇式の庭を抜けてゆくことになるのだが、ひな壇の一段目の両側にはバラの花壇があって、その真ん中にある台座のうえの花瓶には神話をモチーフにした浅浮彫りがほどこされ、それぞれの花壇は柘植によって縁取られ、四隅にはイチイが植えられていた、この前景から欄干によって切り離された後景には花壇の代わりに水盤がいくつか設けられ、その一つひとつの中心に噴水が飾られ、両端ではオレンジの木が森のサテュロスやニンファの胸像の周りを囲っていた〔半人半獣のサテュロスは美しい若者を性別問わずに好む男性の精霊。ニンファは谷、森、泉、川、畑、牧草地といった様々な場に棲み、性的誘惑や自然の豊饒さ等を象徴する女性の精霊。両者ともディオニュソスに近しいとされる〕。

机に向かって、情熱もないのに見なおさなければならない幸福をめぐる空疎な言葉《フレーズ》の余白に書き込んでいると、まるで当然のことのように……

女中はポタージュを運び、主人はうわの空でよそった、かれは都会から引越してきたのだった、百回も同じ話の繰り返し、外の扉を誰かがノックするので、かれが開けにゆくと、鴨を届けに来た子どもで、駄賃に二スーあげてその子が立ち去ると、かれは女中を呼んで家禽を冷蔵庫に入れてもらう、それからかのじょは机を片付け、主人は本の余白に書き込みを続けた……

ほとんど領主邸のような邸は見事なファサードが庭に面し、階ごとに六つの窓があり、スレートで屋根を葺き、建物の四隅に同じかたちの小塔を設えてあって、鬱気味で吝嗇な主人がその邸で寒さにふるえながら失意に沈んでいた。

静けさ。灰色。カラスが甜菜畑から飛び立ち楡にとまる、いやカササギかもしれない。

主人はテラスの鉄製の机に向かって回想録を執筆していた、かれは首都から丘陵というか森林に沿った小さな村に引越してきたのだった、われわれにはよく聞こえなかった、ドクターは下方のひな壇のうえを歩き廻っていた、季節は秋で、空気が青みを帯びていた。

あんなに努力して、とかれは言った、こんなみじめな結果になるとわかっていたらなあ、月刊誌に書いているぼくの回想録のことさ、それに対して医者はかれを励ました、ほかのことをしたって同じようなものだしそれに特別ななにかだって、ほら文学の放つ輝き《アウラ》だってあるじゃないか、落ち込むことなんてないさ、医者はもっと不如意な最期を迎えた人をたくさん知っていた、それに結局かれは必要なものすべてと時間の余裕を手にしていたわけで、そう大切なのは時間のゆとりで、森の散策や、暖炉のかたわらでの心地よいおしゃべりや、女中の気づかいがなかったら、かれはいったいどうするのだろう、ようは天気のいい秋の日のテラスで百回も同じ話の繰り返し、二人はコーヒーを飲んでいた、ドクターが寝入ろうというとき相手はフランス式庭園の下のほうに温室をつくる費用の算段をしていた。

　あるいは一人きりで、ある冬の日この冷えきった部屋の机にぐったりのびていた、暖炉にはもう火が灯っていない、廃墟と化したいくつかの建物の真ん中にある雑草の生い茂った中庭に向かって扉が開かれ、風が楡の若木を吹き抜けた、隣人の子どもはもう学校から帰っていた、夜の闇が下りていった。

　このときかのじょが言ったのは旦那さまとにかく振り子時計を修理に出していただかないと、まったく時間もわかりません、わたしの目覚ましも遅れておりますしね、それに対してかれは目覚ましを直してもらったらいいじゃないか、そうだドクターに頼んでごらんと答えた、古くさい冗談、女中は台所に戻った、すぐにも料理を出すつもりらしい、かれはふたたび読書をはじめた。

　なにを待っているかわからないまま何年も待ち続け、そのうちもう待つのをやめ、ついにはうしろ指をさされるようになり、母親たちは子どもにお利口さんにしてないとあのおじいさんに食べさせてしまうわよと言い聞かせるようになっていた、かれの頭にのっけた帽子と黄色か赤色の革製のブーツ、われわれにははっきり見えなかった、その帽子とブーツが沼地の道へと戻り採石場の角へ消えていった。

　かれは死体をめぐるこの物語を何度も反芻し、これで行こうと決心したものの、時刻と子どものことではまだ迷っていて、だけどその点はたいして重要ではなかった、厩肥以上にふさわしいものがあるだろうか。

灰色の日に到着し、台所から邸のなかに入って、鎧戸を開けなかったのは夕闇が下りようとしていたからで、かれは大広間を抜け机のうえのしおれた花束と本に目をとめたが、本を読むのをあとまわしにして中庭へ出てゆきそれから庭を散策していると厩肥のうえに見つけた……理屈としてはかんぺきで落ち度はない。

酒を飲んでは泥酔する合間に回想録を執筆していた、当てにならない情報源、都会で過ごした時期、それに並木道での幾度もの逢瀬、どの春もなんと短いことか、なにを探し求めているのかわからないまま際限なく引越しを繰り返して、いまや襲われるのは夜の恐怖だった、ささやかれる呼び声、ランプの光なんておかまいなしにあらわれる幻影、底なしの苦悶。

年を跨ぐたびに深層で生じるこれらの激しい変化。

無数の鳥の骸骨が散らばる沼地。

山羊飼いの女は煤と灰をかぶったような六頭の家畜の群れを連れて十時ころ出かけ、足をひきずりながら沼地への小径を進んだ、折り畳み椅子を小脇に抱え、頭に黒い三角巾をまいていて、犬がかのじょのわきをぴょんぴょん跳ね廻っていた、この鼠捕り犬はじぶんの仕事がなんなのかを理解していなくて山羊たちの脛を軽く噛んでいた、一団は採石場の角に姿を消した、青ざめ凍えるような十二月の気候で、霜が降り、泥が固まっていた、反対方向からレッカー車に乗ってやって来た整備士は沼地からかなり外れたところで一団と出会ったようで、老婆の足どりを考えると辻褄が合わないけれどときどき田舎で起こるみたいにすこしのあいだぼんやりしていると時間の観念が狂ってしまい、おそらく歩く人の速度じたいも変わってしまうので、一団が道に沿って足をひきずるというかのろのろ歩くのを目にしていても、まもなくその姿は忽然と消えてなくなる。

かのじょは一息ついて、町のほうに目をやったのだけれどそこから町は見えなくて、なだらかな傾斜の畑が地平線に向かって広がっている、カラスが飛び立ち楡にとまった、いやカササギかもしれない、タゲリは耕地で餌をついばみ沼地に向かった、一キロくらい離れた場所にレッカー車があらわれたのを見て仔犬が吠えはじめた、この辺境で動くものは騒音と同じくらいめずらしくて、仔犬が二十メートルばかり駆け出したところで、老婆が犬を呼び戻しふたたび歩きはじめた、それから道がふたたび下りはじめる採石場のもう一方の角でレッカー車は姿を消した、道沿いで草を食みはじめていた山羊たちはふいに跳びあがり、数珠つなぎになって糞を垂らし、啼き声を漏らしながら進みはじめた。

庭にいるドクターが花壇の周囲を散策してからデッキチェアに腰を下ろして古ぼけた本を読み、パスティス〔食前酒の一種。アブサンの模造酒で、語源はパスティーシュ〕を手にしていると、鴨売りの男が門へと通ずる下方のひな壇からやって来た、かれは沼地のほうから来たのだが、というのも整備士がレッカー車で登ってくるのを見かけたんですがねとドクターに話しはじめたからで、またお隣さんのトラクターのことだとおもいますけどなんなら賭けてもいいですよ、なんで偶然出会ったものにすぐ飛びついてしまうんでしょうかね、まあずっとあのまま変わらないんでしょうけど、雀蜂がパスティスのグラスに落ちた、ドクターがところでパスティスはどうだいと聞く、ならグラスを取ってらっしゃい、場所はわかるでしょう、それから男は台所に行きグラスを手に戻るとどうして女中はいないんですか、木曜日でもあるまいにと訊ねる、かれの受けた説明によるとかのじょは三日前に厩肥《クソ》まみれの状態で死んでいるところを発見された郵便配達員の葬儀に参列しているとのことで、そんなことじゃないかとおもってましたよ、つまりあいつがこんなふうに死んじまうってことですがね、あいつ一日中酔っぱらってましたからと鴨売りの男が言うのは、かれがここ数日間この地域をあちこち駆け廻っていて亡くなったことをまだ知らなかったからで、畜産家のかれは軽トラックに乗って毎週水曜日注文を取ったり配達に廻ったりしていて、非常に良質な家禽を穀物飼料で育てているのだけれど、そのかれが食前酒をちびちびやりながら言うには不思議なんですがね、あちこち飛び廻っているせいでどう言ったらいいかじぶんがいなくなるような感覚になることがあって、別の場所か別の季節にいるような気分にときどきなるんです、ぱっといきなりですよ、ついこのあいだなんて移動中いきなり真冬になってしまったもんですからね、まあそんなに長く続くわけじゃないにしても気をつけなきゃなあ、どうおもいますドクター、すると聞いていた相手は肝臓にお気をつけなさい、わたしのところに診せに来るといい、血圧を測ってあげるからと答える。

そういなくなること、なにかが壊れている、まるでかれの語ったばかりのことが別のときに起こっていたか、あるいは語っているそのときかれがかれでなかったかのようで、おお神よなんとややこしい、あるいは長い道のりのせいかもしれなくて、というのもかれはしょっちゅう遠出しているし、その際に必要な注意を払わないし、誰の軽トラックでもひょいひょい借りてしまうからで……わたしのところに診せに来るといいとドクターは繰り返した、それから二人はパスティスをちびちび飲みながら一人はこの奇妙な病について思い悩み、もう一人はあきれるほどの陽射しに目を細めていた、その景色は奥のほうで青みがかり、地平線には森が広がって、アブラナ畑とクルミの木の緑が映えていた。

主人が一時ころ戻り、ひな壇式の庭を上がってゆくとテラスに二人の姿が見えた、挨拶を交わすとかれも坐って、じぶんでパスティスを注ぎドクターがこの日この時間にいるのを意外に感じた、昼食の約束はしていなかったけれどそんなことはどうでもよくて、かれらは昨日の残りものにサラダをたっぷり添えて食べた、家禽商は一時十五分ころに辞去しなければならなかったけれど残った二人はそのあとゆうに三十分くらい飲み続けた、沼地まで行ったらレッカー車を見かけたよと主人が言った、ドクターは微笑んだ、ほんとうにきみらは幸運だよ、午前中の唯一の出来事だからね、トラクターが泥にはまったのかなんだか知らないが大事件が起こったみたいにみんな大騒ぎさ、こうドクターが言ったのはここに来る途中で別の隣人の男とすれちがっていたからだった。

この二人の酔っぱらいを待ちあぐねた小間使いが、テラスまでやって来て旦那さまお食事の準備が整いましたと告げると、古めかしい言いまわしがドクターを面白がらせた、鴨がこんがり火炙りにされるのはわたしのせいではない。

凍てつく部屋で本をぱらぱら眺めていた、十二月の夜、振り子時計は女中のあがる時刻を指していた、激しい雨が中庭の敷石を槌のように打ちつけた。

四月のにわか雨、きれいに掃除された庭、下方につくる温室の計画、ふたつの音色で啼く一羽のツグミが幼少期の記憶を呼び醒ました、春になればふたたびすべてが繰り返されるはずだ。

沈黙としゃっくりのせいで途切れとぎれのこのささやき声。

それから相手は帰って行ったのだが、日も暮れるころ誰かが沼地のそばでかれを見かけたようで、人びとがその話を耳にしたカフェでは、色んな会話が入り交じり溶け合っていて、注意が散漫になると耳はもう話の筋についてゆけず、そのうえ安酒のせいですべてごっちゃになって、いつも同じようなぶんぶんいう雑音になってしまうのは冬でも夏でも同じで、だからせいぜい……

あるいは山羊飼いの女はバラ色と青色に染まるその早朝に、採石場のだいぶ手前で村に向かう道へと曲がって、葡萄畑を囲う塀と隣人の納屋のあいだの隅っこに腰を落ちつけたようで、風を避けて編み物をするその間に、鼠捕り犬は刈り株のあいだを跳ね廻り、鼠、昆虫、影、じぶんのしっぽと戯れたかとおもうとふいに全速力で廻りだし、また一周、さらに半周すると、急に立ちどまって、なにかの匂いに気づき女主人のもとに駆け寄るがかのじょが鼻づらを叩くのでなにも伝えられない、山羊が生垣の草を食んでいるのを、老婆が立ちあがって大声をあげ、杖でおどしつける、かのじょが足をひきずりながら移動するにつれ編み物の糸がするするほどけてゆく。

帰宅したときかのじょは沼地から戻ってきた主人とすれちがった、かれがひどい寒さですね、暖かくして下さいと声をかけると、相手はええかいいえかはっきりしない返事をした、よく聞こえなかった、かのじょがどっちつかずのしぐさをするのが見え、半面だけ赤い林檎のようなかのじょの頬と、歯の抜けた口で微笑む表情が想像された、細部を捉えるにはあまりに遠い、二人がほかのことを喋っていたのは、だいたい一分くらいだろうか、かれが沼地のほうを指さし、二人が別れるのが見えた、一時ころの食事時だったようで、もう空は雲で覆われていて、まもなく雨が降り出しそうだ、こんな時代にどうしていつも通りの季節がやって来ることを期待できるだろう。

せっかく思い出した記憶もなにひとつとしてもとのままではいられない。

ふたたび夜、ふたたび鎧戸を閉め切ること、ふたたびこの嗚咽の声、絶え間なく耳の奥底に鳴り響くこの声のせいで表面化してきた混乱がほとんど聞き取れない。

　とにかく厩肥のうえでのあの悲劇的な最期はそれなりのもので、知らせを受けたドクターは死者の予想に反して深い苦しみをあらわにした、かれが動揺して部屋の真ん中にじっと立ちつくし、肘掛椅子のうえでまるく身を縮こまらせている亡骸から目を離すことができずにいると、隣人の女が椅子を差し出してかれを坐らせ、台所に行きコーヒーを淹れる。

　それにしても隣人の子どもは想像力の豊かな神経質で繊細な子で、厩肥のうえに突風で投げ出されたか主人がそこに置くかした案山子を、死体と勘ちがいしたみたいで、だからそれには近づかずに両親に知らせたのだけれど、この両親はといえばかつてその現場で……

　夜の幻影、昨日と明日の幻影、わずかでも思考が躓けば死、まるで部屋の窓を開けると砂漠が広がる情景のようだ、逃れようのない家事に集中し、この虚無感をなんとかやり過ごす。

　突き刺すような湿った寒さの夜明けに、森の陰に陣取っていた番人は、邸の周囲を徘徊していた誰かが近づいてくるのを見たらしく、移動して台所の入口を見張っていたのだが、もうなんの気配もしない、建物に近づいてひと廻りしてみたものの、南側のベンチに置き忘れられた秋の剪定鋏のほかにはなんの痕跡もなくて、番人はすでに錆びついている鋏をポケットにしまい込んだ。

　番人をしているのは、制御しようのない神経障害を患っていると嘯くしたたかな農夫。

　そして別の一人も、あれからもう何年も窓から主人を見張っていた……

静けさ、灰色。年老いた鳩が納屋の屋根をよぼよぼ歩いている。雑草の生い茂る中庭の真ん中に水たまりが広がっている。南側には葉のないプラムの木の小さな一群。

ドクターはどこかの施設《アジール》〔「避難所」、「精神病院」、「安息の地」、「墓場」の意味もあり〕の小さな運動場で年老いた鳩みたいに足をひきずっていたか、さもなければ風邪をひいて看護婦に介助され毛布にくるまっていた、主人が訪ねると病人は二本の蝋燭を並べて謝罪や思い出をもごもご口にした、よく聞こえなかった。

そのときふいに女中があらわれ仕事をしていたふりなんかなさらないで下さい、窓際から覗いてらっしゃるのを見ていたんですからと告げる。

時計《じかん》がどこか壊れている。

亡命車両に乗っている母。そしてかれらが選んでおいた郊外の小庭にいる母。運命のページがめくられるその日まで、少女のドレスをまといヒナギクの花飾りをつけた母の姿しか想像できなかった。

森の隅に陣取った番人が夜明けに目をこすると、厩肥のうえに四肢を空に向け腹を切り裂かれた動物の死骸が見えた。

血で赤く染まった芝生の片隅で隣人の子どもが遊んでいた、言い知れぬ不安、あの世から舞い戻った亡霊たちはこのときもう二度と戻らないつもりで記憶の奥底へとみなで亡命していった。

空疎な言葉《フレーズ》の余白に。

黴に蝕まれながらかれらは集団で身をひきずるように歩いた、もしくは梁のうえに這いあがった、もしくは揚げ蓋から地下室へと消えていった。

情報源は当てにならない。

しゃっくり〔「しゃくりあげる嗚咽」、「(臨終の)あえぎ」、「(車や列車やモーターなどが)切れぎれに立てる騒音」、「(管などが詰まって)ごぼごぼいう音」の意味もあり〕で途切れがちなこのささやき声をなんとかつかまえようとまずかれは青年期に聴覚を研ぎ澄ませていったものの、曲がり角を越えると徐々に聴覚が衰えてゆき最終的には当の時期のすこしまえに重い難聴となって、内側にぱちぱちはぜる雑音が響くようになり、めまいと頭痛にも襲われたのだが、もちまえの意思を発揮して、まるで二流の音楽家みたいに、パッサカリア調の一篇を再構成したのだった。

静けさ、灰色。

鴨を届けたあと主人の邸から下りてきた男の乗り込んだ軽トラックが溝にはまり込みゆうに一時間も身動きがとれずにいたのを学校帰りの子どもたちが見つけて憲兵に知らせにゆき憲兵は整備士に知らせほかの人たちも加わって車を起こそうと奮闘し、せえのと、ついに救出された運転士は片足を骨折しただけで、隣人が病院まで送ろうと申し出たのだけれど、男がまるで女みたいな呻き声をあげるので、あんなに屈強そうな奴がとみな意外なおもいがしたもので、こんな機会でもなければもう診察をしていないドクターによれば病院での処置は褒められたものではなく、こういう場合は精密検査をすべきで、頭を打っているかもしれないじゃないかと言う、それからというのはつまり夕方のカフェで整備士が説明したのは、じぶんがいつもどんな作業をしているかということで、レッカー車を出すのは今回がはじめてではなかったのだけれど、かれの喋っているのが軽トラックのことなのかそれともトラクターのことなのかよくわからなくなった、遠すぎてよく聞こえない、これらの声とピンボール機の騒々しいざわめきが耳をつんざくので、常連客の連中がどうしてこんな店にわざわざ来るのか首を傾げざるをえないけれど、静けさと思慮深さはこの地域ではあまり自慢できることではなくて、こうした騒音《うわさばなし》が奥にひっそり佇む家々にまで侵入すると無線機のような耳障りな雑音や甘美な歌やそのほかの騒々しいノイズとなって鳴り響くことになる。

そうこうしている間に、庭は白雪に覆われたり、にわか雨に打たれたり、突風にさらされたりしながら、面白くもないサプライズと、月並みな風景と、子どもじみた愉しみを秘かに準備していた……

冷えきった部屋の床に落ちた本。

あるいはベンチに忘れられた剪定鋏。

あるいは伝統的処方のアストリンゼン〔血管や組織を収斂させる薬剤で、化粧水等にもちいられる〕のような女中の記憶。

カラスが啼きながら飛び立つ、不吉な前兆、人びとは違反したことや忘れたことがないか訊ねあった、まったく心が落ち着かない、テラスにいるドクターが新聞から目をあげて言う、カラスがこんなふうに飛んでいたのを覚えているかい、あれは一月か二月だった、ひどい災厄が町を襲ったかのようだった、しあわせな計画ともお別れだ……

カラスいやカササギだろうか。

百回も同じ話の繰り返し。

これらの幻像《イメージ》に付着したかすを取り除くこと。

山羊飼いの女はというと、編み物の目を数えながらまどろんでいた、家畜たちは沼地に近寄り食欲か好奇心にうながされてそのなかに入ってゆき、泥にはまり込む、足の不自由な女が家畜たちを迎えに行くのは夜も更けてからのことだ、夕闇が下りていった、ちょうどそのとき整備士がカフェに入っていった。

一人だと思い込んでいた主人は椅子から立ちあがって、暖炉に向かい、一瞬迷ったのち振り子時計の針を壊した、奇矯な振舞い、女中に気づかれないよう針をどうにか文字盤にくっつけるのは、翌日われに返ったときのことだ。

それから別の一人は鎧戸の隙間を離れると、ふたたび森をめぐり、案山子が腕を十字形にのばして倒れている厩肥のまえをふたたび通りすぎ、幼い息子の手をふたたび取って二人で牧草地へと向かった、空は青白く澄み、草上に霜が降りて、道の窪みには氷が張っていた、本格的な冬の天気のせいで外套にくるまれた身体がまるく縮こまり頭蓋骨が締めつけられた。

泥にはまり込む山羊。

これらの断片をどうすべきだろう。

すこしずつかれの記憶から消えていったのはかつての面影、名前、言葉で、まるで巨大な亡命の波が……あるいは事実として……もうなにもないし誰もいない、灰色の光景が夜を告げていた、結局かれは面白くもない原稿を手に、竈の陰の心落ち着く片隅に逃げ込み、豚バラ肉のスープを思い浮かべながら下腹部をこするだろう。

そして別の一人が鎧戸の隙間を離れふたたび森をめぐっていると、沼地めがけて誰かが駆けてゆくのを目にした、あとを尾けるなんてできるわけがない、夕闇が下りてゆくところだった、かれがふたたび幼い息子の手を取って厩肥のまえを通りすぎると、死んだ牝牛が色鮮やかな染みとなってそこに浮かびあがる、やがて人びとは某氏がこの牝牛を殺したのではないかと疑うことになるのだけれど、問いただす理由はまったく見当たらないし、死んだ動物を恨むこともできやしない、寒波にやられたのだ、外傷もまったくなくて、牧場主の妻はとてもよい乳牛だったと繰り返していた。

積年の嫉妬だと父親は説明した、あいつは牧場主の妻が若い娘だったころ足繁く通っていて、隣人たちのなかには……あるいはかのじょが牛乳を水で薄めているんじゃないかという疑惑めいたものが以前あって、恥と憎しみが入り交じってゆき、かのじょを殺す代わりに牝牛に毒を盛るというわけさ。

死体に近づき、ポケットナイフで乳房を切り取って通りすがりに隣人の納屋に放り込む、暗くなっていた、台所の鎧戸から漏れる一条の光が見えた、物音ひとつしなかった。

切断されたこの死体、血まみれになったズボンの前開き。

審判の光とは別のもので照らされるこのうつろう日々が、まといえたかもしれない別の姿、冷静にこの先の未来を見通す方法が必要だ、なぜなら先は長いのだから、それなのにもう永久に道を踏み外した未来しかないだなんて、努力したところでなんの意味があるんだろう。

都会の並木道。木々のあいだの歪んだ遠近法。空想の扉の隙間からほの見える白色の浮遊する性愛の数々が、日曜日のテ・デウム〔教会の朝の祈祷で歌われる讃歌〕が響いてくるまで誘惑を続け人びとを引きとめた。墓穴にまで闖入するあの興奮、あれほどにも敏捷で、あれほどにもせっかちな骸骨《やせっぽち》たちの品位は驚くべきことではない。

小間使いはスープを下げると皿に乳房をのせて戻ってくる。かれらは咀嚼をはじめる。乳がかれらの顎をつたい血が幾筋も垂れ落ちる。

山羊飼いの女に話を戻しますとねとコーヒーを運びながらかのじょが言う、あの方が軽トラックの到着をじっと待ち構えているのを見ましたよ、一息ついているようなふりをして途中で立ちどまっていましたけれどかのじょのことご存知でしょう、したたかなお方でしてね、犬を放してあったのが偶然だとお考えですか、とんでもない、このとき主人が思い出していたのは刈り株のあいだを跳ね廻る犬の姿を目にしたことで、ドクターのほうはわたしたちに見えるのはあらかじめ思い描いておいたものだけなのだと結論づけた。

外部へと通ずるひび割れがないかぎり、物語は秘せられたままだろう。

散らかった考えをまとめないでおこうとかれが軽い調子で言ったことを、それから冷えきった部屋であらためて考えなおしながら、椅子のうえですっかりぐったりしたその姿は指人形《ギニョール》みたいで、手はぶらりと垂れ下がり、鼻は赤らみ、涙の裏返しのような異様で痛ましい笑みを浮かべそれがやがてしゃくりあげる嗚咽に変わった、まったく理由はわからないけれどもしかしたら……それから小間使いが戻って来て、灯りをつけるとわたしには話して下さらないのですねと言った。

余白に書き込む作業。

コーヒーを飲み終えるとかれは落ち着きを取り戻して回想録の原稿をひねりだし、些細な挿話を探しながら、まるまる午後を過ごして日が暮れていった、この月刊誌が最後の収入源だった、とそこに女中がスープを手にふたたびやって来た、旦那さまお食事の準備が整いました、いつも決まったリズムに乗って発せられるこの言葉《フレーズ》、これならきっとノアの洪水からだって生還できるにちがいない、ピアノ独奏のための同じ編曲、それにしてもいったいなにが起こっているのか、無だ、まったくなにも起こらない、列車は無一物のみじめな一団を乗せて亡命の地へと出発した、かれらはいつの日か辿り着き、夜明けにカーテンを開けて目にすることになるだろう……

暖房の効いた部屋で友人二人がグラスを手に記憶を呼び醒ましている。壁に飾られた美しい食器、女中の布巾によって輝きを取り戻した古い家具、豪奢な邸、差し迫った心配はない。外では日も暮れ、雲が密集していて、夜になるまえに雨が降り出しそうだ。最後まで中庭に残っていた一羽の鶏が小屋に帰ってゆく。ホロホロチョウが耳障りな声で啼くのが聞こえる。カラスが隣の畑から飛び立ち楡にとまろうとしている、いやカササギかもしれない。耕地から来たトラクターが道に戻って、採石場の角で姿を消す。隣家のほうから、薪割り台に振り下ろされる斧の音が響く。

この無数の諸瞬間の記録《クロニクル》はまるで……

そして別の一人は鎧戸の隙間を離れるとびっこをひきながら群れのもとに戻って、刈り株のあいだを駆け廻る犬に口笛で合図し、血まみれのレッカー車を見たと牧草地から引きあげながら語る、小径へと迂回する間にかのじょは、じぶんの哀れな母親が亡くなった年とちょうど同じように大量のカラスが厩肥に群がっていたことや、森の陰にいつもの同じ影が潜んでいたことに目をとめた、われわれにははっきり見えなかった、その影は走りながらふたたび町への道に戻って行った、すべて不吉な前兆だった。

なぜならどんな手段を使っても、出発前にできるだけ急いで、静穏が訪れるごく短い瞬間も利用しなければならなかったからで、まるで与えられたごくわずかな時間が……

鴨を届けて主人の邸から下りてくると、男は軽トラックに乗って首都に向かう道を進んだ、患っていた病気の症状のせいでかれはまもなく運転をやめることになるのだが、そう薦めたのはかかりつけの医者で、この病気のことがなにより不安で道すがら二度停車することになった、いつ通ったのか記憶にない道を逆走しているような感覚だったとかれは数日後に説明した。

主人はテラスで振り子時計の機械を分解している。

噴水盤に映る雲は空には見当たらない。

幸福をめぐる空疎な言葉《フレーズ》の余白に、ありもしない発見をしたふりをする歓びを書き込んだ。

それなのに夢がすべてを溶かし込み、順序を滅茶苦茶にしてしまったうえに、遺言人には遺書をもっともらしく仕上げる時間《あす》もなかった。

これらの断片をどうすべきだろう。

厩肥の見えるテラスに戻ること。

切断されたあの死体、血まみれになったズボンの前開き。

そして別の一人は鎧戸の隙間を離れてもと来た道を引き返し、森を迂回すると灌木にくくりつけられた案山子に気づく、かれが人形《シミュラークル》を取り外し厩肥のうえに投げ捨てると、レッカー車で通りがかった整備士がかれに向かってなにか叫んだ、よく聞こえなかった、男は沼地のわきの道をそのまま進んだ、かれは採石場の曲がり角でドクターを見かけて、そちらに向かってゆく、およそ五十メートル離れていた、そこに着くと誰もいないことに気づいて、ふたたび軽トラックに乗り込みいつもの幻想を浮かべながらいつもの道をまた進みはじめる。

都会の並木道。空想の扉の隙間からほの見える白色の浮遊する性愛の数々。

番人が見たのはかれが部屋を出て道を駆けてゆく姿だったようで、かれはじぶんの目のまえで眠っていたはずのドクターを探して沼地まで向かったのだった、沼沢を抜け松林に着くと、無数の死骸に交じって真白な骸骨が揺れていた、その下に坐って、本の指定されたページを開くと余白に書き込みを見つけた、意味がわからなかった、書き込みの中身を慎重に読み解いてゆく、暗くなるすこしまえに、立ち昇るあの霧のなかへと姿を消すためだった、やがて霧も晴れ青空がのぞく、帰らなければならない時間だった、鼾をかくあの男を捜し出して本筋に戻るべきだった、このあとも番人は要領を得ないへまをやらかしてばかりだ。

だがかれはすぐさまそれはありえないと言った、レッカー車を案山子の真下に停車させていたけれど、その時点では誰も案山子にふれていなかったのだから、おそらく夜の闇がすっかり下りたあとのはずだ、けれども隣人の女が語ったのはまさしくこのときのことで、かれが生垣のうしろで用を足しているあいだに別の男が案山子を外して厩肥のうえに、いやちがう、そこには置かず持ち帰ったのだ、遠くてはっきり見えなかったが、まるでじぶんの幼い息子の腕を持っているみたいだった。

じぶんの幼い息子の腕を持って沼地を抜けてゆく姿は、まるで人形を抱えているみたいで、子どもの足は宙に浮いていて、暮れゆく夜のあの霧のなかに二人の姿がぼうっと浮かびあがった、二人が辿り着いた向こう岸の松林では、無数の鳥の死骸に交じって、ひとつの幻像《イメージ》がそこにあった本のなかに刻み込まれてじっと佇んでいた、さらに白い骸骨が灌木に吊り下げられていて、お守りとしてあの嘴、干からびた羽根、竜骨突起、瘠せこけた脚がたっぷり飾りつけてあった、背筋の凍るような幻像《イメージ》だった、人びとはそこへ繰り返し舞い戻っていった、ページがめくられることは二度となかった。

百回も同じ話の繰り返し。

空を覆う小さな雲は噴水盤には見当たらなかった。

あるいは納屋の奥からじっと様子を覗うこだま《ニンフ》はささやかれる言葉《フレーズ》を単語の半分くらいの間をあけて正確に反響させながら音節同士を重ね合わせていて図々しく聞き耳を立てる人びとを魅了して離さなかった……

もと来た道を引き返すこと、曲がり、ふたたび曲がり、もとの場所へと繰り返し舞い戻ること。ささやき、呪文、繰り言。

冷えきった部屋で、ぼろぼろのひざかけを肩に引っ掛けながら、死後の生を永らえさせる虚無の錬金術をあやつる主人は、ぱらぱらと本をめくり、余白に書き込んでは、拡大鏡を手にして輪郭や筆跡や噴水盤の水面に見つけた空白のかたちについて夢想に耽っていた、霧が晴れること、文の生みだす幻《シミュラークル》、生き遺った言葉、じぶんを支えるヒモを外されたかのような存在、庭の下方のひな壇はかれの似姿のような空間となっていた、そのなかをかすり傷ひとつ負わずに動く様子は、まるで周囲の流れから取り残されてもじぶんの流儀を頑なに守るスケーターが、おのれの奇癖にたっぷりひたる終わらない朝をゆうゆうと滑りまわるかのようだった。

そこに続く道を黒い塊りがまず地を這いながら、いや転がりながら進んでゆく、われわれにはよく見えない、それから物音ひとつ立てることなく壁《かべ》のように屹立する、小鳥たちは逃げ出し、アカネズミたちも姿を消す、ビロードのようになめらかなこの巨大な構造物がふいに引き裂かれ、散りぢりになると、飛び交うカラスの群れで、畑は灰色がかっていて、空から光が忽然と消えていた。

そこに続く道を黒い塊りが進んでゆく、とても背の高い男だ、われわれにはよく見えない、近づいてくる、二人組の男の片割れがもう一人のうえに乗っかっているように見える、近づいてくる、農夫と藁の案山子だとわかる、農夫は立ちどまる、小鳥たちが啼きやんだ、男が葡萄畑に分け入り灌木のうえに人形《シミュラークル》を立て、ヒモで幹にくくりつける、人形は両腕を広げて頭を垂れていて、すでに硬直した死体のようだ。

採石場でひとつのかたちが動き、地を這いながら頂上までよじ登る、ゆるやかな傾斜だ、立ちどまるいや様子を覗う、身を伏せる、遠くにふたたび姿を見せる、低いほうへと小径を転がり下りそれから五十メートルばかり身をひきずるように進む、その間に真の暗闇が訪れるのをわれわれは目にする、やがて厩肥のうえに腕を十字形にのばして横たわる男が発見されるだろう。曲がり、ふたたび曲がり、もとの場所へと繰り返し舞い戻ること。

森の陰でまどろんでいた番人は枝の折れる音を耳にして、目を開けた、明るく凍えるような夜だった、立ちあがって、銃を構え、木々のあいだに滑り込むと、鎧戸の隙間から一条の光が見えた、近づいて隙間に身を寄せると、主人が振り子時計の調子を狂わせていた、様子見のために戻ってきていたのだった、数カ月間誰もいなかったようで、邸は閉め切られ、すべてが秩序立っている。

そのあとかれは主人が様子見のために戻って来ているぞと山羊飼いの女に告げた、鎧戸の隙間からかすかに光が漏れていた、近づいてみたが誰もいないのでどうやらその間に眠ってしまったらしい、邸は閉め切られ、すべてが秩序立っている、とそのとき突然子どもがなにかを叫びながらやって来た、よく聞こえなかった、夜になるまえのことで騒ぎの種になっている隣人のトラクターがちょうど通りすぎて行った、学校帰りに子どもがどうやら厩肥のうえで見たらしい……母親は寝かしつけるまえに訊ねてみたのだけれどこの子の話をどうして信じることができるだろう、想像力がたくましすぎるのだ。

かれはかつての敷地の様子を思い出していた、古い建物に囲まれた中庭のこと、それ以外はなにも、ただそうは言っても室内には机、それに暖炉があってそこに小型の黒い振り子時計が置かれ、金色に丸く縁取られた文字盤にはローマ数字が刻まれていた、それが動いているのを見たことはなかったけれど、もしかしたら聞いたことならあるかもしれない、聞いたとするならいつのことだろう……

年老いた鳩が納屋の屋根をよぼよぼ歩いている。

中庭の真ん中にある噴水からごぼごぼいう音が沼地に続く道まで聞こえてきたが、北側つまり納屋のほうではなんの音もしないので、こだま《ニンファ》を起こすにはもっと強い騒音が必要らしい、逆の方角では軋みやささやきのようなかすかな音でさえよく響くことをおもうと不思議でならなかった、あるいはドクターがそのことをはじめて語ったのが何年も経ってからのことなので、どのくらい距離があったのか思い出せなかったのかもしれない、年老いて感傷的になったよぼよぼの男で、相手の男との友情は遥か昔に終わりを迎えていた。

情熱の理由は説明できない。

朝早くから建物をめぐって、この時刻の鳥たちの啼き声に交じるかすかな雑音をどうにか聞き取ろうとしていると、時折番人が小屋で眠りこけているのを見かけるので肩を叩いて起こすと番人はもごもご弁解をはじめて飲み物を取りに行った、主人は見廻りを続けて、敷地の様子を隅々まで見てから納屋のこだま《ニンファ》を試してみようとたびたび唸り声をあげてはみるものの声は勢いを失って帰ってくるばかりで、もう幻影《ニンファ》は消え失せていた、それからかれが見廻りから戻ると、台所で小声で歌を口ずさんでいた女中がいつもコーヒーを持ってきてくれた。

空疎な言葉《フレーズ》の余白に書き込みを続けていた。

机にぐったりのびて気を失っていたところに、ドクターが駆けつけて女中と一緒にベッドまで運ぶ、かれは目を覚ますと飛び廻る数多のカラスについてふたたび語りはじめる、この奇人《カリカチュア》のために家政婦が最期のスープを準備している間に辞世の句が書かれたようで、来るべき受肉のための言葉、警句だった、かのじょが飲み物を運んだとき相手はもう死んでいて、ドクターは隣室でむせび泣いていた、万事休すだった。

闇夜に徘徊するうさん臭い神秘はなにひとつ残っていなかった。

街ではこの出来事について噂が立ち、かれのことを知っていると人びとが口々に語り、これほど長い間かれの姿を見かけなかったことに驚きの声があがって、幼少時代と青年時代のかれの性格が思い出話として語られたのだが、さぞやいかがわしい人物だったみたいで、こんなご時世に信じがたいことだけれど、魔術の儀式いやなんと呼ぶべきなんだろう、教師はそんな儀式がいまでもどこかで伝承されているのだと主張していて、ありとあらゆる突飛な呪文、呪物、疫病神、呪符を研究しそうしたものが秘かにわたしたち自身の記憶の古層となっていると吹聴していて、その記憶が祖母たちの語った物語なのか子どもたちの悪夢なのか、いまいちはっきりしなかったけれど、そうしたものがまだ意識のなかに眠っているということみたいで、とにかくなんと呼んだらいいかわからない得体のしれない代物が今日こうして出現し、しかも証拠もあるとなれば、住民にとってほんとうに危険な事態で、みなが振り廻されてしまっていた、呪術いや中世風の儀式というのだろうか、ほんとうはなんと言うのだろう、呪術書と媚薬をつくるサディストたちの集会なんて、悪寒で身ぶるいするような代物だった。

別の隣人の女は市場に店を出す農婦で、入って右側の隅にこぢんまりと品物を並べていたのだけれど、新鮮なものばかりでなく、傷んだトマトや熟れすぎの果実をいつもまぎれこませていて、そんなかのじょがここ数カ月じぶんの娘の様子がおかしいと語りはじめたのだった、あの子はいつも儀式や墓場に入りびたっていて、顔色も悪いし食欲もないから、訊ねてみるんだけど、いいえと言うべきことにええと答えたり関係のないことたとえば下着にまぎれこんでいた針のことだとか枕の下に隠してある教理問答の教本について喋りはじめたりして、すごく快活な子だったのにいきなり陰鬱で神経質になってしまって言うことにもいちいちあくまでわたしはだけどと付け足してみたりいきなり泣きはじめたりしてしかもそれはお店で返すおつりの額をまちがえたからだっていうしもっと酷いときには死や乳飲み子の死体や永劫の生について父親に質問しはじめる始末で、ほらわたしの夫のことご存知でしょ、かれが夜になって話すんですけどね、あの子は病院に行くべきだなんて本気で考えてるの、こういうおかしなことってこっちにまで伝染してきちゃうでしょう、流行の風邪とかアフタ熱に感染するみたいなものよ、こうかのじょは言う。

あるいはあの配管工も同じようなことになっていて、ちょっとまえから修理した配管が同じ場所で詰まるせいで、目を閉じても現地まで行けるようになってしまったっていうし、かれの見たこともないキノコの一種が、わたしにはよくわからないけれど排水溝だか防臭弁だかに沿って広がっていて、しかももっと戸惑ってしまうのは、いつも決まって八時から八時十分までのあいだに客から一斉に電話がかかってくることで、かれは依頼に応えられないし、新市街の同業者に会っても同じことを言うので、背後にはきっとうさん臭いなにかがあるのだ。

あるいは別の兆しもあって、ふだんは気にもとめないようなことだけれど、たとえばお喋りをしている二人がほとんど間をあけずに同じ言葉でつかえたりしている。

語るべきなのか黙るべきなのか、正確であるべきなのかどうか、饒舌になるべきなのか舌足らずになるべきなのかというこの問題こそおそらく悲劇をめぐる講演で教師が教えてくれたことなのだけれどこのときわたしたちが謎の核心にふれる部分をまるまる聞き逃していたのはどうせほかの連中みたくお堅い研究をしているフランス語の専門家なのだろうと決めてかかっていたからで、念のため繰り返しておくと、ある意味でこの問題は程度の差こそあれおよそみんなに関わることで、わたしたちはもっぱら素朴さゆえに幸運にも恐るべき深淵を覗き込まずに済んでいるのだと意識すらしておらず、この深淵のわきで些細な問題をめぐってはしゃぎ廻っているというわけで、そうあの講演はこうした事柄をわたしたちにはっきり自覚させた、あの男はたいしたもので、誰の人生にも決して直接口出しすることなく秘かにはたらきかけてきたのだ。

ほかの連中はこういう巧妙さを馬鹿にしていたけど、主人は以前からずっとペテン師だったわけだし、もったいぶった態度で仲たがいの種をまき散らし続けてきたわけで、若かったころの色んなペテンが思い出されるけれど、嘘八百を並べていただけじゃなくて、かれの関わった怪しげな仕事の数々もそうで、アンティーク商を騙っていた例の商売を覚えているでしょう、売っていたのはどれもこれも新品を加工した偽物だった。

あるいは人びとは色々邪推していたけれど、虚無と関係するものなんてなにひとつなかったわけで、水は低きに流れるままにしておかなければならなかったし、それに人生は続く、もっともそのおかげで人びとが賢しくなるわけでも豊かになるわけでもないのだけれど。

見知らぬ連中の車が道を行き、隣人の男の家のまえに停まり、牧場主の妻と話す姿が目撃される、そのあとでこの時間は留守にしている別の家のまえに行き、それからいつもとてもゆっくり立ち去ってゆくのだが、この連中がなにかを探しているのはたしかで、そんなときかれらは畑から戻ってきた男とすれちがう。

色々話を突き合わせてみたところ、かれが時折都会の連中を迎え入れていたことが人びとの知るところとなったのだが、相手が同じであった試しがないし、車も毎回別で、好奇心からナンバーを控える者まであったらしい。

そんなわけで表面上はなにも変わらなかったけれど、工事は続いていて、ぼくらの邸でも特有の心配の種と小さな歓びがあった、まあ人生っていうのはそんなものだ、それなのに深層の構造《メカニズム》が揺らいでしまって、ぼくらの築きあげてきたものが土台から崩壊してしまった、苦労のあとが滲むこの無残な瓦礫の山、どんなに力を尽くしてもこいつを完成させることなんてできやしない、抵抗する術なんてない。

あるいはふだんは気にもとめない別の兆し。

感染とアフタ熱に気をつけるようかれらは警告されていて、さらに配管工が付け加えたのは、こうした事態が揃いもそろってじぶんたちをどこに向かわせようとしているのかということで、訴訟を起こすべきだけれどその被告人、つまり抗告すべき相手がいなくて、ただたんに配管が詰まったり、牝猫がじぶんの子どもを食べてしまったりするような奇妙な事件や、なんの陰謀か地元紙で報道されない農業機材への追加課税という腹立たしい事件が続けざまに起こっていただけで、ようするに馬鹿げたことが積み重なって壮大な規模になっていたのだけれど、それと同時に指摘されたのが……

そんなわけで隣人の男、その妻と子どもが確認に向かうと、厩肥のうえで呻いていたのはまさに郵便配達員で、遺伝病が年齢とともに悪化していたのだ、かれを家まで連れてゆかねばならないとなったところに、運よく整備士がレッカー車で通りかかったので、かれらは声をかけこの不運な男をかつぎあげて車に寝かせ、家まで連れて帰るとかれの妻がすぐさま言ったのはそれ見たことか朝家を出てビストロに行くときからこんなことになるんじゃないかとおもってたのよ結局いつも同じことになるのになんで沼地まで行ったのかしら、ねえなんでなのよ言ってごらんなさいよと病人に訊ねても、ほとんど意識が朦朧としていて答えられず、整備士の手を借りて寝室に運び込んでも薬を飲ませて待つ以外にすることがなくて、妻はすっかり慣れっこになっていた。

かれは窓からその場面を見ることもできたはずで、窓もそちら側を向いているのだけれど、その時間かれはよく沼地のほうを散策していたし、女中にもなにも聞こえなかったらしい、台所は東向きだ、それにしてもまったく人通りのないこの一角にモーター音がするなんて……ドクターはまだそこにはいなくて、十時くらいにやって来るはずだった、春らしい陽気で、朝靄がつい先ほど晴れたところだった。

くれぐれも慎重にいこう、われわれには決してわかりっこない。

机に置かれていたのは秋につくられたアザミとセリのドライフラワーのブーケで、人びとが家にこもる時期に行う一種の田舎仕事だった、夕刻は肌寒く、暖炉に火が灯ると、黴と生暖かい灰の薫りがした、この凍える夜まだそこに置いてあった本について考えながら幸福な数時間が過ぎてゆく、本は版画のページが開かれていた、そのときふいに窓が音を立て、風が室内に吹き込む、もう誰の姿もなかった。

ありえないと番人は言った、ついさっきご主人が様子見にやって来たのを見たんですよ、庭をひと廻りして、邸のなかに入っていきましたが、時間が遅いせいか鎧戸は開けませんでした。

死後の生を永らえさせる虚無の錬金術師。

隣人の男は町まで下りてゆきトラクターがじぶんの畑にはまっていると整備士に伝えた、誰のトラクターなのだろう、運転手の姿はない、この界隈では見かけないモデルだけれど最近製造されたものだ、人びとはなにも聞いていなかった、耕作の時期はもう過ぎていた、いやこれから訪れるところだったのかもしれない、かれがほかの人たちに注意をうながしてみてもみななにも知らなくて、事情に通じている者は誰もいなかった。

あるいは前日の晩、一人の旅行者がトルペード型自動車〔魚雷型の幌付き自動車〕のモーターを懐中電灯か耐風ランプの灯りに照らしていじってから、森のほうに向かうのを人びとが目撃したらしく、牧場主の妻が言うには、街の男ならすぐわかりますから賭けてもいいけどちがいますよ、うちの子も一緒でしたけど、子どもは遠慮せずにじろじろ見ますからね、あの子が言うにはドイツだかアメリカだかのメーカーの赤い車で、黒い幌は破れていて、リアガラスの代わりにつける雲母だかプラスチックだかのパーツは外れていたみたいですよ。

森のほうに向かいながらその手前で曲がり、土の道をえらんで沼地の端に抜けて車から降り、水深が急に変わる場所に気づいて、徒歩でおよそ一キロ迂回して松林に到達したのだとすると、その男はようはただの旅行者ではなくて、この地域を熟知しているということになるけれど、それにしてもなんで真夜中にあんなところに行くのだろう。

その一方で山羊飼いの女が家に帰ったのはずいぶんまえのことで、遅くとも六時の日没には戻っていた、いやこの季節かのじょは家畜を外に連れ出すことさえないのかもしれない、寒すぎるうえにリューマチで身体がきかないので、牝山羊は厩舎にとどまったままだ、そうむしろこっちだな、魔女からほんとうのことを聞き出せるはずがないので隣人の男に訊ねてみる必要がありそうだ、かのじょはもしかしたら……だってできるのかもしれない……

靄が晴れること、文の生みだす幻《シミュラークル》。

読書に耽り、何時間も、寒さに凍えていた、もう輪郭すらはっきり見えなくなった、夕闇が下りていった、もう文すらはっきり見えなくなった、まどろみ、ちょうどそのとき女が山羊を小屋に入れて交差点に戻ってきた、なにかを失くしたみたいで、編み針か、ハンカチだろうか、地面に膝をつき、短く刈られた草のあいだを手さぐりしているのを、整備士が道を下りながら見かけて、車を停め手を貸そうかとドアから声をかけた、立ちあがったかのじょの笑った口は歯が欠け、左右で色のちがう小さな眼をしていた、したたかな女だという評判だった。

厩肥のうえの死体を目撃したとき、かのじょはそのすぐ一メートル横を通ったらしく、生垣に身を隠すように歩いて家に帰って来た、鎧戸を閉めていた主人がこんばんはと叫んだが、返事をしなかった、耳が聞こえないのかもしれない、この地域ではよくある不具で、とくに女性に多いのだけれど、あるいはかれが声をかけなかったのかもしれない、かれは目覚めたばかりで、まだ眠りの靄のなかにいて、断片を何度も反芻しながら一日を無為に過ごしていて、夜明けまで眠らずに、寝室と台所のあいだを一晩中うろうろしているにちがいない。

しあわせな日々は終わりを告げた。

かれらは村長とドクターと一緒にやって来て、死亡を確認した、死体はすでに硬直していて、ズボンとシャツには厩肥の染みがついていた、かれは倒れてからここまでなんとか這ってきたみたいで、ちょうど砂利のうえに這った形跡があって赤白のチェックのハンカチが落ちていた、山羊飼いの女は暖炉の近くにいて、左右で色のちがう眼が室内をじろじろ眺め廻していた、あの方を見かけたのは夕食前のつい先ほどのことで、夕日が沈むのを眺めながらベンチに坐っていました、いつものことです、夢見がちにものおもいに耽っているときはあたしたちのことなんて見向きもしないんですよ、まあもしかしたら寝てらしたのかもしれませんけどとかのじょは言う、ドクターは気を廻してみんなにコーヒーを淹れた、外では月明かりと寒さの下で納屋の屋根が光を放っていた。

　それにしても遺書が見つかったときよりによって、それを手にしたのは寝室に入って右奥の角にある戸棚のようなものの上方の抽斗の書類を整理していたドクターで、そうよりによってだ、かれはそれが青色の封筒に入れられたわたしの遺書だと見てとるとすぐさまじぶんだけがそれを開封してよい故人の親友だと考え、ついで躊躇し、じぶんは法律には通じていないがと考えもしたけれど故人への愛情がなによりまさり、この遺書が悪意をもった輩の手に渡るくらいならとじぶんに言い聞かせながら封筒を開けると、二番目の封筒そのつぎに三番目の封筒が見つかるので、こいつはたいへんだ、なにか重大なものが入っているのかもしれないとひとりごちた、かれはじぶんの感情を上手く公証人に説明できなかったけれど、かれが小心者でもなければ、ことを荒立てる人間でもないとおもわれていたのはたしかだった。

　そんなわけでかれは公証人に封筒をゆだねたのだが公証人は文面が特殊だから判事の関わる案件になるはずだ、判事にこの遺書を見せてみようと言い、ほんとうにそうすることになってやっかいな事態がはじまるのだけれど、へまをやらかさないようにするには専門用語に通じておかなければならなくて、ようするに半年間にわたる廻りくどい手続きによって確認しなければならなかったのはまず故人が正常な精神状態だったのかということで奇妙なことが色々明らかになっていたので専門家たちも判断しかねていたのだけれど証人のなかでもとりわけ女中が証言したのはかれの精神はしっかりしていたということで、そのうえ遺言が相続人として指定していた甥はすでに亡くなっていてこの甥自身の相続人であるその甥もこの間に亡くなっていたのでいったいどんな推理で遺言人がこんな事態を予測できたのか誰にもわからないのだけれど、結局もろもろ情報を突き合わせてみるとドクターこそ故人が念頭に置いていた唯一の相続人だという確証に到ったわけで、どうして単純にかれの名前を挙げず、また財産を逐一しるしておかなかったのか、そうすればその財産がほんとうに存在しているかどうかたしかめることもできたはずだったのにとおもってしまうのは、故人が存在しているものと存在していないものについて文句のつけようのないほど一貫して不備のない体系をつくることに生涯をかけてきたからで、それはまるで……を避けようとしているみたいで……

じぶんを支えるヒモを外されたかのよう。

山羊飼いの女が生垣に身を隠すように歩き、主人が鎧戸を閉めるのを見ましたと隣人の女は語った、ちょうど通りかかったトルペード型自動車が急停車すると男が車から降りてきて案山子をくくりつけてある灌木に近づいていきました、どうやら小用を足したかったらしいんですけど、わたしの目を引いたのはむしろこの車のほうで、車体はよく見えませんでしたけど明るいヘッドライトが納屋まで照らしていて、それから運転手が車に乗り込んだんです、けれどもこのあとのかのじょの話はぜんぶ眉唾ものだとしか人びとにはおもえなかった、かのじょによれば案山子が忽然と消えていて、嘘だったら両手を切り落とされてもいいと言わんばかりだった、その直前まで空にくっきり浮かびあがっていた人形《シミュラークル》の輪郭があまりに人間そっくりで、ほんものとまちがってしまいそうだとかのじょはおもいさえした。

　旅行者はふたたび町に下りて来てカフェに立ち寄ったらしく、ペルノー〔パスティスの銘柄のひとつ〕を注文した、給仕《ギャルソン》はかれのゴム製ブーツが泥まみれなのに気づいて、どこから来たのかと訊ねる、いやたんにどこから来たのかとおもっただけかもしれなくて、いっそう注意深くその黒い泥を眺めていると沼地の茎がへばりついたままになっていたので、まちがいない、この客はあそこの利害関係者らしいがいったいどんな利権だろう、いずれにしてもあの土地は自治体のものだから所有権のことではないはずだ、あの沼地を干拓すればその周囲の畑もふたたび開発できるかもしれないっていうのに、所有権のせいであそこではなんの事業もできやしない、かつてこの地域一帯は耕作地だったらしいけれど、いまではこんなありさまで、政治家の無駄遣いとそれに群がる連中ばかりだ、それもこれも生きていくのに必要な品物をよそから調達させるために政府が仕組んだことなわけで、そうじゃないはずないでしょう、それと引き換えによそ者にどんな利益があるのか見当もつかないけれどまったくひどいやり口さ、この辺りは景気も悪かったし、そういえば昔のことをよく知っている主人によると領主邸は丘のうえに建っていたそうだけれど、いまではもう跡形もなくて、せいぜい壊れた壁と小さな地下室が残っているくらいのものだ、子どものころなんてローマ人か西ゴート人の遺跡だろうなんておもっていたけど、まったくそんなことはなくて、せいぜい三世紀前のものだそうだが、それでもたいしたものだ、ようは昔の人たちは馬鹿じゃなかったのさ、日当たりのよい土地を見つけては、飼料を育てて富を得てきたわけで、所有者だった領主がどんな人物だったのか興味が湧いてくるよ、泥まみれのブーツの男はペルノーを飲むと立ち去った。

奇癖にひたりながら終わらない朝を。

そうある意味でドクターとのあの友情にはあどけないところがあって、二人の会話を聞いていると、老いぼれの気管支炎患者の咳払いや同じ話の繰り返しを別にすれば、この人たちは子どもなのではないかとおもっても不思議ではなくて話していることがきわめて幼稚だった、二人は夢も含めてあらゆること、少なくともどちらでもよいことを語り合っていて、たとえば夜中に何回小便に行っただとか、母親に言われたことだとか、甦ってきた恋愛の記憶だとか、ペルノーを一杯か二杯飲んだあとだと反対に失恋のことだとかで、たしかにそういう話を聞いていると気晴らしにはなったのだけれど、難くせや言いがかりのたぐいは別で、それはきみのほうだと言ってるだろうといったやり取りをまる一日聞かされる羽目になると抱く印象は……

夜の幻影、昨日と明日の幻影。

幻像《イメージ》に付着したかすを取り除くこと。深層まで構成しつくされた夜には不在のものにもすべてしかるべき理由《アリバイ》がある。

魔術というか中世風の儀式について、教師はあなたがたはおかしいと言った、なぜ現代人がそんなことを心配するのでしょう、そんなものぜんぶトリックにすぎませんし信じやすさに付け込んでいるだけです、大道芸人が袖から鳩を出すのをご覧になったことがあるでしょう、あれと同じようなもので、たんに腕がいいってだけですよ、あんなよぼよぼの爺さんが危険だなんて買いかぶりですし、それよりほら爺さんへの悪口があるでしょう、かれの隣家の女や配管工の馬鹿げた言動のことだっていい、春先になると悩みごとのある人もいるでしょうけれど、ひとりでによくなりますよ、よい煎じ薬を飲んで早起きしさえすれば元気になるんですから、科学なんてまやかしだとお考えですか、あなたがたはご存知ないのです、だが教師はやり過ぎだった、かれの怒りは度を越していて、人びとはかれが主人の仲間だと考えはじめていた、わたしたちの抱く疑念にこれほど関心を持つということは逆にそれを実現したがっているということで、さすがにそれほど馬鹿じゃない。

何年も放置された跡が亡霊のように染みつくこの冷えきった邸では、夜に出没する幻影のせいで、せっかく思い出した記憶もなにひとつとしてもとのままではいられない。

切断されたあの死体、血まみれになったズボンの前開き。

見習いは修理現場に向かうトラクターに社長と一緒に乗り込むと、厩肥のうえにいる大量のカラスに目をとめた、一羽一羽をはっきり区別できなかった、不安を抱くことなんかじゃない、ありふれた荒廃にすぎない、待ち受けるひどい一日がはじまるまえに急いで修理を終えなければならなかった、ちょうど収穫期だったのだがはたらき手が不足していたというより、農業資材につぎつぎトラブルが起こっていて、ある人は種子に、ほかの人はカルチベーターにと毎日のように不具合が見つかっていたし、機械もどこか壊れていて、かれは前日の晩耐風ランプの灯りに照らして修理しようとしたのだけれどさっぱりわからなくてむしろ悪化させてしまったので、こうして朝からみんなで車に乗って整備士のところに来たのだった。

この無数の瞬間の記録《クロニクル》はまるで。

そんなわけでこの同じ朝、年長のほうの隣人の男は鴨を届けにやって来て誰もいなかったので台所つまり邸の裏手からあがり込んだようなのだが、どうしてかれが台所だけでなく奥の部屋まで入り込んでしばらくとどまっていたのかよくわからないままで、あらゆる可能性が想定できた、かれのことはろくに知られていないし、かれもじぶんでは喋らないけれど色々なことがすこしずつ明らかになってきていて、毎朝いつもの仕事に出かけるとき邸の周囲を見廻るのも、いつもついでにといった様子でもう立ちどまろうとすらしないのは、鎧戸の隙間に佇んでいたじぶんの父親に肝をつぶしたことがきっかけだった、冬だったようだ、邸は閉め切られ、すべてが秩序立っている。

かれのあがり込む台所にはたいてい鍵がかかっていない、小径にはほとんど人通りもないし近隣の人たちも気のよい人ばかりなので警戒する必要もない、女中は町に買い物に出かけると振子時計みたいにきっかり十一時にならないと戻らないし、主人も沼地のほうへ散歩に出かけている、男は机に鴨を置くとほとんど機械仕掛けみたいに抽斗を開けるので、まるで女中が小銭を探していたときなにかがあるのを盗み見ていたみたいで、かれは請求書を見つけたのだけど、おもっていたようなものはなにもなくて、それからこの夏の一日の澄みきった邸の雰囲気をいいことに台所の隣の食堂まで忍び込んでいくのだが、扉は開いたままだった、主人が書類をしまっていた大きな戸棚の抽斗に直行し、開けてみるがなにも見つからないというかたぶんあさる時間がないのはドクターが門を通るのが目に入るからで、なんとか外に出るくらいの余裕しかなくてもし相手がかれに気づいたら遠くから落ち着いた様子で台所の机に家禽《とり》を置いておいたからと大きな声で叫ぶつもりだろう。

その一方で子どもは鴨の虐殺に立ち会っていた、老婆はおもいきりひっぱたいてから家禽の羽根をむしって臓腑を取り除き、こんがり焼いて、紐でくくって子どもに向かって言った、そこにいるならこれをご主人のところに届けておくれ、駄賃をもらえるよ、あたしは山羊の乳搾りをしなきゃなんないのさ、子どもが死体を手に台所に行くと家政婦はいなかった、どうしよう、包みを窓辺に置いて鎧戸を開け、子どもが考え込んでいると、ふいに遠くからでは目が利かず、つねづねみなの無遠慮な関心に晒されていると思い込んでいるドクターがどういうことだ、そこにいるのは誰だと叫び、少年は一目散に逃げ出した。

家禽商の話にまったく矛盾はなくて、たしかにかれは軽トラックで立ち寄ることができたわけだし、一人でいたドクターが女中をお待ちなさい町に出かけたきりだから、さあ一緒にパスティスをやろう元気が出るぞと声をかけたのは、運転手相手の発言としてはいただけないけれどドクターはそういう世代の人だし、たんに時は過ぎゆくというだけのことだ、当時は飲酒に非難も浴びせられなかったし、酒の効きめと路上での速度との関連づけもなされなかったのは人びとがあくせくしていなかったからで、車よりも自転車のほうがよくそうなったのだけれど、自転車乗りがジグザグによろめいたりチェーンに足をひっかけたりすることほど愉快なことはなくて、ほらそうしている間にかれが溝にはまって転倒し小さな荷台の中身が路上に散らばってすっかり空っぽになるので、子どもたちは急いで鴨たちをつかまえながら笑い興じ、その日家に帰って昼食を食べながらめいめい母親に話すのだった、春の心地よい陽射し、人びとが鴨売りの男を見かけたときかれはまだ酔っぱらっていて、鴨がみな地面にいるのにじぶんは側溝にはまり込んだままで、みんなでぜんぶ荷台に積みなおしてあげた自転車を押してかれは立ち去ったのだけれど、きっと妻にまたひっぱたかれたにちがいない。

かれらが一緒にちびちびやっているのを見た子どもが台所にあがり込んで、机のうえに死体を置いて、女中が以前小銭を出しているのを見かけた抽斗を開け、じぶんで駄賃を取ったというのが説明で、いくらあるのかかのじょが知っているかどうかわからないし、あるはずのお金がなければかのじょはおかしいとおもうはずだけれど、一フランくらいなら心配することでもないし子どもにはその権利もあるわけで、今度はじぶんで取ったら駄目だと注意されるくらいだった。

それなのに女中は町から戻るとまっすぐ抽斗に向かいバッグのなかの小銭をすべてあけて、ごちゃごちゃの請求書を眺めて貯めてあるお金を数えなおした、不足金はなくて、逆にいくらか多いくらいだったけれど、主人には黙っておこう、子どもがこんなことに興味を持つはずもないし、鴨を机に置いたのも子どもではない、年長のほうの隣人の男もそのころは町にいなくて、早春の種まきの季節だったので、二週間ばかり三十キロ離れたところにはたらきに出ていた、のちに小間使いが知るのは、喉をかき切って殺した女が家禽を労働者の男に預け、それを台所の窓辺に置き鎧戸を忘れずに開けるよう頼んだということだった。

静けさ、灰色。冷えきった邸の机に向かいながら、ささやかれた言葉《フレーズ》の余白に書き込みを続けていた、よく聞こえなかった、外部へと通ずるひび割れがないかぎり、物語は秘せられたままだろう。

すると七時ころ女中が暗い部屋に入ってきた、かのじょが灯りをつけると、かれが街はどうだったと訊ねてきたので、幼い娘を連れた郵便配達員とその妻に会ったと答えた、たわいのない会話を交わしたのだが、すっかり顔面蒼白な郵便配達員は重篤な病気がようやく治りはじめたところで、妻は会話を短めに切りあげながら、かれはちょっと気管支炎にかかっていたので安静にしていなければならないのと言った、小間使いがある女客から聞いた話によると、男は失神しがちであちこちで倒れてしまうらしくて、最近受けた警告は深刻なものだった、かれは沼地方面の担当を諦めなければならなくなり、おもっていたより早く仕事を辞めることになるだろう。

　そんなわけで翌日この会話について考えなおしながら、かれはドクターの推理が正しいのかどうか疑念を抱いていて、例の軀、というのも死体だったからだけれど、前日厩肥のうえで発見され数分後には忽然と消えてなくなったその死体は、妻の腕につかまらなければもう外出もできない郵便配達員のものではありえなかった、女中はあの方は仕事にまったく満足していなかったようですし、どうも一人でいたわけでもないみたいですしね、例の病気もつくり話《コメディ》かもしれませんよ、顔色にもしぐさにもそれらしいところはまったくなかったですからと答えた、たしかにドクターは耄碌し、判断力が衰えてきている。

　それにしてもつくり話だとするならどうして妻は夫の症状を軽く見せようとしたのだろうか、あの年齢での気管支炎なんて退職につながるようなものではないだろうに。

　なんにせよ例の軀というか死体は主人によって発見されその数分後には忽然と消えてなくなっていて、訊ねられた女中はモーター音を聞いたと証言し、山羊飼いの女も同じことを言うのだけれど、ただしかのじょは厩肥のわきを通ったのになにも目にしなかったようだ、ご主人はほんとうにご覧になったんですか、あの方は遠くからだと目も利かないですし、さもなければ別のなにかと勘ちがいしたか、これはドクターの意見だったのだけれどすぐその場で言わなかったのは、腕を十字形にのばした案山子をその前日に見たときほとんど取り乱さんばかりになってしまったからで、かれらはそのことをいまでも笑いぐさにしていた。

隣人の子どもは軀に近づき、そっと肩にふれると家にいる母親のもとへと一目散に駆け出す。肘掛椅子のうえでまるく身を縮こまらせ、すでに硬直していた。

　さあ話しておくれとドクターが言った。

　そして相手がじぶん自身の死の物語をふたたび語りはじめると新たに付け加わった細部がときに以前つくった細部とかみ合わなくなったりもしたのだけれど、ぼくらは巧みな論理をこしらえてなんとか辻褄を合わせてきたのだ、それなのに夢がすべてを溶かし込み、順序を滅茶苦茶にしてしまったうえに、語り手自身には物語をもっともらしく仕上げる時間《あす》も残されていなかった。

　暖炉に火が灯り、壁には美しい食器が飾られ、机には安物のブランデーの瓶が置かれていた、友人二人で果てしない物語に夢中になっていた、お喋り好きの男にとってすすんで耳を傾けてくれる相手を得たことはなんにせよおもわぬ幸運だった、かれは都会から引越してきたのだった、百回も同じ話の繰り返し、じぶんの計画の一貫性のなさにほとほと呆れてしまうけれど、なにを探し求めているのかわからないまま探し続け、ひたすら待つばかりの歳月を過ごして、ついには聞き分けのない子どもを食べてしまう男だとうしろ指をさされるようになってしまった、こんなことを続けていけるときみはおもうかい、遙か昔の記憶をもうぼくが信じていないとおもっているんだろう、それにこんなことをしていてもまったく面白くなんかない、二人で一緒にこの庭の世話をしていたほうが遙かに愉しいんだよ、川のうえに張り出すテラスのこともそうだし、それから温室を納屋の下じゃなくて裏手につくるっていうのはどうだろう、ドクターはリキュールグラスにもう一杯注いだ、相手が訊ねてきたたぐいの質問にはもう興味がなかった、礼儀はわきまえているはずなのだけれどこの声、その転調、軽く酔っているような繊細な思考の流れと、不吉なイメージや田園のイメージの数々がかれを誘惑しいわば心地よく揺さぶり続けて、うとうとつっぷしてしまった、友情というのは相互的な敬意にもとづくものだがこのお話好きの男に対するかれの友情にはまだひびが入っていなかった。

それにしてもふいに砕け散ってしまう友情についてなんと言うべきだろう。一緒に死んだほうがましだ。ペルノーなんて捨ててやると台所でぶつぶつつぶやく女中の声が聞こえた。すでに一時四十五分、もう生命は限界だ。

そんなわけでかれらが鴨を食べ終えてテラスに腰かけコーヒーを飲み、春らしい陽射しのなかひと眠りしようとしていると商人が門に姿を見せ、庭を抜けて商品を宣伝しにやって来る。まあ一杯お飲みなさい。商人はグラスを椅子のうえに置くと路上に立ち昇る陽炎について、たがいに打ち消しあう記憶について、奇妙な感覚についてとめどなく話しはじめる、よく聞こえなかった、この話のせいでドクターに肝臓に気をつけなさい、わたしのところに診せに来るといいと言われてしまう、そうかなり異様だ、さっきかれの語ったことはまるで……

例の魔術の話をほんとうのことのように見せかけようだなんていかにも子どもじみていて、そんなことをしてなんの意味があるのだろうか、けれどもその一方で色々な事象のあいだに奇妙な結びつきというかもっと正確にはなんと言えばいいのだろう、そう尋常ではない結びつきが生まれていて、たとえばじぶんの子どもを食べてしまった例の牝猫や配管に生えたキノコ、さらには誰かが言っていたみたいに、同じ日にみんなしてつかえた言葉のこともそうで、どんな言葉だったかわかればさぞ面白いだろうけれど誰も思い出せないし、誰の記憶にもない、そして人びとはこれらの事件を例の主人のどうしようもない振舞いと関連づけていた、孤独のせいで道を踏み外しているのだ、愛着《パッション》の理由なんて説明できるはずない、あんなふうに女中とあの頭の弱いドクターに囲まれて暮らしているなんていったいどんな男なのだろう、どうやら回想録を書いているらしい、なにを書いているか見てみたいものだ、以前かれは食料品店で請求書を確認しようとしてパニックになったことがあったし、別のときにもトラクターが沼地近くで泥にはまったという説明をくどくど三回も繰り返して、三回いや四回かもしれないけれど、いつのことだったのかも、修理に来たのが社長だったのか見習いだったのかも思い出せないし、隣人のトラクターかどうかも、沼地なのか採石場なのかもさっぱりで、結局話を聞いていた女の足指は苛立ちのせいで靴のなかで反りかえることになって、あの人が店に入ってくると話を聞かなくて済むように二人か三人うしろから来てくれないかしらってお祈りするの、孤独がかれの口を釘で打って封じてくれればいいのにっておもうけど駄目で、せいぜい発作が起こるのを願うだけね、このことばっかりはどうしようもないわと言う、このいかにもキリスト教めいた愚痴。

市場に店を出している別の隣人の農婦は、夫と奇怪な振舞いをはじめた娘を乗せて日曜日に車で散策に出かけたのだと言う、かのじょたちは街と森をぐるりと周遊し小径を通って帰って来たのだが、わたしたちの農場が二つか三つある集落に到着するころには、もう夜の闇が下りていた、山羊飼いの女が窓を開け薬草《ハーブ》を入れた壺を窓辺に置くのをかのじょがはっきり見たとき、かのじょたちは車を停め子どもが生垣の向こうで用を足す時間をつくっていたのだが、ちょうどそのとき白いかたちのものがどこからともなく降りてきて、壺に腕をのばし奪い取ってすぐさま姿を消した、背筋の凍るような光景だった、母親はまだ用を足している最中の娘を急いで車に乗せると夜の闇のなか三人は町に辿り着いた、ヘッドライトもスモールランプも点かなかったのはどうしてなのか夫にもさっぱりわからなくて、かれはつい先日整備士にライトを点検してもらったばかりだった。

それに主人はずっとペテン師だったのだし、誰の人生にも決して直接口出しすることなく秘かにはたらきかけていたのだ、かれに会いに来る連中は、毎回ちがう車でやって来ていつも夜中に発つのだが、まるで偶然みたいに翌日発見されるのは……あるいは誰かが言うには……注目すべきなのは山羊飼いの女と一緒にいるとかれが上機嫌なことで、山羊の食べるウマゴヤシをかのじょに無償であげている。

こうして表面上はなにも変わらなかったけれど……

ふたたび盛夏、ふたたび昔の幻像《イメージ》、どれくらいの歳月が経ったのだろう、当時の頭を回復すること、今日のことはなにも知らずにおくこと、昨日の残影はしかるべき場所に休らっている、いまの季節がまえの季節のように去ってゆくことなく、亀裂のあいだを飛び廻りながらずっと同じ場所に居座り続けているせいで、かつて収穫期にささやかれた言葉《フレーズ》がちょうど今夜言われたばかりのところであったり、昨春の問いがつぎのヒヤシンスの時期にはじめて答えを見出したりしていて、どうすれば平静さを保っていられるだろうか、先ほど語っていたのは誰なのか、先ほど口を噤んだのは誰なのか、道すがらずっと引き裂かれたまま、子どもの頭蓋のうえに老人の面をかぶり、相変わらず口ではきみを愛していると言いながら耳には弔鐘が鳴り響いている。

そういえば山羊飼いの女は鎧戸の隙間から離れたとき薄暗がりのなかを労働者の男が沼地のほうに駆けてゆくのを見たらしい、かのじょは葡萄畑の近くまで編み針を探しに戻った、耐風ランプを手に身をかがめると路上に血が見える、まちがいない、一台の車が採石場の角からあらわれ村のほうに曲がる、とそのときふいにあがる叫び声にびっくりしてかのじょは跳びあがる、フクロウ〔「女」の意味もあり〕が納屋から飛び出してきたのはもしかしたら車のヘッドライトにおびえたせいかもしれない、こうしたすべてが一分に満たぬ間に起こるのを、どのように理解すべきなのだろう。

　これらの断片をどうすべきだろう。

　あの晩の労働者の男のことだった、隣人の男は今朝もカフェでまたその件について話していたけれど、車庫と小屋の掃除をかれに頼んだばかりのところで、この隣人の男が推薦してなんでも屋として雇うことにしたのさ、悪い奴じゃないしみんな生きていかなくちゃいけないからな、だけど一部の連中はかれを雇うのを拒んでいて、隣の奴なんてあいつは盗人だってふれまわっているけどそんなことはどちらでもいい、肝心なのは妻を寝取られた男の愉快な話のほうで、結婚するまえのことだがまあ似たようなものだ、妻のほうはずっと否定していたしいまでも否定しているけれどね、そんなわけで小屋で牝牛の死体が発見されたとき牧場主は、あの労働者のことを信頼していた隣人の男を恨んだのさ、なにせ奴が牧場主を説得したんだからな、まるで一頭の哀れな動物で復讐するようなものさ……

　これらの断片をどうすべきだろう。

男が幼い息子に手を差し出す姿がふたたび目撃された、案山子のわきを通ると子どもが指さすので、近寄りながら父親は息子を抱きかかえ、さわってごらん薹だよと言った、子どもはその肩にそっとふれると喚きはじめた、このとき労働者の男が通りかかって一分ばかり言葉を交わした、よく聞こえなかった、そのあいだ子どもは灌木の周囲を廻りながら宙を見上げていて、あまり落ち着かない様子だった。

昨日と明日の幻影。

年を跨ぐたびに深層で生じるこれらの激しい変化。

ぼくらの築きあげてきたものが土台から崩壊してしまった、苦労のあとが滲むこの無残な瓦礫の山。

主人が机に向かい古ぼけた本にかがみ込む姿がふたたび目撃されたがもう夏になっていた、パスティスなんて捨ててやるとぶつぶつつぶやく女中の声が聞こえた、ドクターは年老いた鳩みたいに道すがら足をひきずりながら昼食の鴨を食べにやって来るだろう、もう十一時半になっていた、暖炉のうえの振り子時計は遅れていて、噴水盤に映る雲は空には見当たらない、まもなく昼寝《シエスタ》の時間でそれから庭のひな壇の計画を立て、そのあとで都会やそのほかの場所からの引越しの話をするだろう、百回も同じ話の繰り返し、そして夜も同じ食前酒をお供にして二人で続けるにちがいない……

主人の留守に番をしていると称する隣人の男に女中が訊ねると、朝には誰も見かけなかったけれど、夜になってトルペード型自動車が曲がり角に停まり、男が降りてきて生垣のうしろでたぶん用を足したと答えた、男がいなくなるところを見ていなかったのは妻に呼ばれたからで、体調が悪くて山羊の乳を搾ることができないかのじょに代わって搾乳しなければならなかったのだ、けれども女中がかれの話を遮って言うには、抽斗の封筒がなくなったのはわたしがちょうど町に出かけて邸を留守にしていた朝でまちがいなくて、子どもが盗むはずはないけれど、誰かに指図されていたとなればもちろん話は別でという考えがふとかのじょの頭にひらめくと、当然子どもも除外されなくなった、それから隣人の男は労働者の男が納屋から出てくるのを見たと言い、あのことがふいに頭をよぎるが、家政婦はあの人は台所にあがってきたことは一度だってないし、抽斗の中身だって知らないと言う。

　そしてふたたび冬、泥が固まり、道路の窪みには霜が降り氷が張っている、またも邸はもぬけの殻で、すべてが秩序立っている、葉の落ちた楡の若木のあいだから番人には森の青い線、松林、それに採石場と曲がり角が見える、闇夜に徘徊するうさん臭い神秘はなにひとつ残っていない、主人は様子見にやって来て机に坐り、記憶を繰り返し反芻しながら時を過ごすだろう、外では夜の闇がすでに下りていて、月明かりと寒さの下で納屋の屋根が光っていた。

　せっかく思い出した記憶もなにひとつとしてもとのままではいられない。

　つまり誰かが見たらしいんだ、横槍を入れるのをやめてくれないか、夜明けに厩肥のうえの死体をだ、五時ころだったようで、酒をやりはじめた主人なんじゃないかとおもったらしい、なるほどそんなにややこしい話じゃない、ただこの推理にはなんの根拠もなくて、お隣さんたちやほかの酔払いたちもいたけれど、色んなことが頭にこびりついてしまってどうにも振り払えそうにないし、それに誰かっていったい誰なのか、はっきりさせなければならなかった、そもそもどうして死体だと言えるのか、何分か何時間かあとにその軀がむっくり起きあがったかもしれないじゃないか、気絶とか、酔っぱらっていたってこともないわけじゃないし、ちょっと気を失っていただけかもしれない。

それにしてもいちばん異様だったのは、同じ幻像《イメージ》たちのもとへと無理にでも連れ戻そうとするあの強迫的な執拗さで、数カ月おきにあちこちで交わされる会話のなかで呼び醒まされる幻像たちは、もう二度と忘れられないように完全な肉体を欲しがっていて、ようは人形《シミュラークル》でいるだけではもう飽き足らずに生きた人間になりたがっていたのだけれど、その代償として……

誰一人として望まなかったはずの新たな現実がほかのすべてを圧倒した、勝利、なんという大量虐殺、かろうじてわたしたちに残されたのは食事用の机と時間をつぶすための筆記具一式と家政婦だけで、しかもかのじょはせいぜい……だが問題はそこではない。

静けさ、灰色。

かれの作業していたあの部屋がまだわたしの目に浮かぶ、無数の亀裂が走る石灰で塗られた壁、使い古された朴訥な家具、食器棚の代わりに置かれた大きな戸棚に小間使いが並べていた祖母伝来の食器、チューリップと蘭のすっと伸びた枝葉のあいだに描かれた青い紋様や鳥の絵柄、六脚の椅子が囲む机、豹柄のカヴァーのかけられたくたびれた安楽椅子、壊れた振り子時計の置かれた暖炉、窓から見える小庭に植えられたプラムやローズムースの木、雨模様の春、気だるい気分。くわえて庭のこともそうで、時代が移りゆくにつれどんどん表情を変えて多種多様な姿をまとってゆく庭は、変化の大枠となるものすら一定であった試しがほとんどなくて、そんなわけで……

そうこの日街から到着したかれはつい先ほど部屋に足を踏み入れたところだった、青みがかった凍てつく冬の天気に、路上では泥が固まり、カラスたちが啼きながら飛び立つ、ちょうど夜の闇が下りてくる時間だったので鎧戸を開けずに、暖炉に火を熾して机に坐ったかれは、古ぼけた本を手にとってぱらぱら眺め、それから感覚が鈍麻するにまかせて頭を腕の窪みにうずめて眠りに落ちた。

そう番人を自称する隣人の男が、ろくに言葉の意味も知らぬまま、主人の留守を見張っていて、そのかれがいつものように見廻りをしているとふいに鎧戸の隙間から漏れるわずかな光に気づいたのだが、なぜか様子を覗いに行くこともなく、せいぜい百メートルくらい離れたところにあるじぶんの家に戻り、主人が様子見にやって来たぞと妻に告げる。

そうおそらくこの同じ日に見張りの男の子どもか隣人の女の子どもが、葡萄畑のわきの厩肥のうえに軀のようなものがのびているのを下校中に見つけて近づき、そして家に逃げ帰る。

そう失神したのだと人びとはずっとおもっていた、かれは起きあがったというか倒れた場所からじぶんの寝室まで這ってきたのであり、街から帰ってきた女中は応急処置をしながら、子どもに呼びに行かせたドクターを待っていた。

そのときふいに跳び起きるまで、かれはデッキチェアで眠りこけていた、周囲を見まわすとローズムースの並木道からあの純朴なドクターがやって来るのが目に入って動悸がして、それからすこししていま見たばかりの夢の話をドクターにしたのだが消化不良で、ドクターはというと厩肥について怒りをぶちまけていて、集まった隣人たちはといえばかれが倒れたのを灌木にくくりつけてあった案山子のせいにしていた、理屈なんてまったくおかまいなしだ、鴨売りの男も門に姿を見せて、路上に陽炎《まぼろし》を立ち昇らせるには案山子だけで十分だと嘯いていた、潜在意識のひねくれた言いまわしはなにを暗示し、なにを予見するものなのだろうか、あらゆることが想定できたけれど、大いなる自由、それは詩の領分ではなかっただろうか、夕暮れのこの穏やかな光に照らされて、庭は息をひそめ、森の青い線が地平線を切り分けていた、すると小間使いが鳥とチューリップの装飾がほどこされたファイアンス焼きの盆にのせて食前酒を運んできた、一杯いかがですか、家禽商《かもや》さん。

そのときふいに曲がり角で山羊飼いの女と家畜の群れに出くわした郵便配達員は、ブレーキをかける余裕しかなくて小型バイクはスリップして溝にはまり込み、郵便物もみな四方八方に散らばってしまう、すこししてからかれが隣人の男に語ったところによるとあの婆さんにやられた、あのうす汚い四足獣《かちく》どもと一緒にいるのが見えないなんて尋常じゃない、悪魔みたいに突然あらわれたんだ、ようは例の魔術の話は嘘なんかじゃないってことさ、夜の闇も下りるころになると煎じ汁を準備しているって話だし、ほら昨日だって壺を窓辺に置くと白いかたちのものが屋根から下りてくるのを誰かが見たっていうじゃないか、だがこの間抜けな郵便配達員の話なんて当てにならない、たんにかれが一杯くわされただけのことだ。

そのときふいに……

それでもかれは納屋、干し草置場、あばら家の見廻りを一軒ずつ続けていた、最近この界隈に出没するっていうごろつきどもに目を光らせておかなきゃな、まったくどこの連中だ、まあ街の若いチンピラってところか、あれこれ詮索するのはこの辺でよしておこう、密猟だけじゃなく強盗にも手を染めているとなると、組織された一味のはずで、最近の若者特有の制裁と暴力ってわけだ、このあいだ食料品店の近くで郵便配達員を襲って、財布と羊革のジャケットを奪って角の道からとんずらしたのもそいつらじゃないか。

曲がり、ふたたび曲がり、もとの場所へと繰り返し舞い戻ること。

そして女中が食前酒を運んできたとき、家禽商はトルペードに乗った例の旅行者の話をしていた、その旅行者はまず町で、ついで採石場で、そしてそのあとここから目と鼻の先の沼地に向かう路上で目撃されていて、そいつがどんなことを企んでいるのかを考えているんですがね、奴がこの界隈をうろつきはじめてもう三日になるのに、パスティスを注文するんで給仕に声をかけたのを除くと誰とも言葉を交わしていないんですよ、こんな場合は憲兵に通報したほうがいいとおもいませんか、もしスパイかなにかだとするならですがね、いまこの瞬間にもこの辺りをうろついてるってわけで、つまりこいつはわたし一人の問題なんかじゃないんです、と混乱しながらこんな思いつきを唐突に並べていると、ある考えがかれの頭をよぎった、主人がこの話を耳にしたら、ここに立ち寄っているという噂の例の訪問者たちとの関連に思い当たるんじゃないか、毎回ちがう車だというし、主人はいかがわしい闇取引きにかかわっているんじゃないだろうか。

厩肥のうえに血まみれのなにかがあって、見習いが近づくと赤いぼろ切れが目に入り、顔をあげると案山子がばらされていることに気がついた、キャスケットも落ち、ズボンから麦藁がすべて突き出していた、かれは人形《シミュラークル》をくくりつけているヒモをほどいて下に降ろすとなんとか応急処置をほどこした。

赤いもの、屑肉と呼ばれるたぐいのものだろう、ほらカラスが一斉にやって来た。

呪文の言葉を唱えながら一歩ずつ老婆は採石場へと向かっていった。

するとふいに一帯全域がくずおれ、夥しい死体が牧草地と道を埋めつくす。なんの見通しもなしに、おのれ自身の破局の黙示録に没頭していた。

老婆は台所で炉端に坐りスープを見守っていた。鋳鉄製の寸胴鍋、自在鉤、黒ずんだ竈、焼き網と火鋏。食卓には三人分の準備をしておいた。老爺は畑から戻ると一言も発せず席に着いた。孫は学校から帰ると犬を連れて遊びに出かけ、砂糖やビスケットといった餌でこの短足のテリアを飛び跳ねさせた。風は楡のあいだを通って中庭を縁取る草の斜面を吹き抜け、栓がきちんと締まっていないせいで桶のうえに流れ落ちている細い水の筋をジグザグにうねらせていた。囲いをした菜園の格子の隙間からは、菖蒲と牡丹があふれ出し、葉が生い茂り、インゲンが竿に絡む様子が見えた。

するとふいに一帯全域がくずおれ、夥しい死体が牧草地と道を埋めつくす、労働者の男が骸骨を抱えて沼地から戻った、戸口で見守る主人にそいつを無事に手渡そうと、腕に荷物《がいこつ》を抱いて慎重に進んでゆく。

それから食事を済ませて食卓を片付け、子どもと老爺をベッドにやった、夜の闇が下りていった、風はやんでいた、ぴくりともしない楡のうえにいるあの白いかたちのものは遠くからだと骸骨と見まがいかねなくて、穴だらけでもろく崩れそうだった、老婆は摘んできたばかりの茎を壺に入れて煎じていた、夜の闇が下りていった、ぴくりともしない楡のうえにはじっと一羽のカラスがとまっていた、それから食卓を片付け、子どもと老爺をベッドにやった、荷物を抱えた労働者の男が主人の邸に辿り着いた、かのじょは壺を窓辺に置いた、あの白いかたちのものが屋根から下りてきて……

煎じ汁を窓辺に置いた、もう夜になっていて、主人が星を眺めながら夢想に耽っているとふいに、遠くからだと骸骨と見まがいかねない、穴だらけでもろく崩れそうな白いかたちのものが、嵐のせいで人形《シミュラークル》の外れた灌木のうえに隣家の屋根から滑り降りてきて、道の曲がり角にいたトルペードのヘッドライトがそれを照らし出した、見習いが出ていくとふいに……

深層まで構成しつくされた夜。

ドクターは夕暮れ時に出かけ主人の邸のほうに向かったものの、なぜか採石場のところで道を外れ孤独に耽った、もう夜になっていて、コオロギが草むらで啼いていた、突如熱雷と呼ばれる閃光がいくつも地平線にひらめくと、ふいに数メートル先の地面にかがみ込む誰かの姿《かたち》がかれの目に飛び込んできて、そちらに歩み寄ると山羊飼いの女がいるのに気づく、かのじょは編み針を探しているところだと言い、たしかに懐中電灯の光を地面にめぐらせている。

そののちこの女が語ったところによれば、このときかのじょが出くわしたのはドクターではなく労働者の男だったようで、労働者は小屋に病気の牝牛をかかえる隣人の男の家から出てきたところだった、疫病が流行っていて、いずれ家畜を殺さなければならなくなった。

夜になって人目を引くことなく帰宅すると、老婆は例の編み針を探しに行くと言い置いてふたたび一人で出かけた、夜は長い、手すさびがなかったらなにをしていいかわからない、けれども沼地のわきでかのじょを見かけた労働者の男が、生垣の陰に身をひそめて様子を眺めていると、かのじょは周囲の様子をじっと覗っているところだった……それからもと来た道を戻るとかのじょは、ちょうど灌木に案山子を設置しなおしていた見習いに出くわした。

あるいはそう、この疫病の話は鴨売りの男のでっちあげにすぎなくて、商品《かも》を売り込もうと、かれがこの界隈であることないこと吹聴してまわっているだけだったのだが、人びとは愚かにもその流言を信じてしまう。

女中は灯りをつけ、書類をわきにやり食器を並べた。

何年もまえからある犯罪がこの冷えきった邸で際限なく行われてきた、物音ひとつしない、主人は留守だ、無数の眼があちこちから偵察し、無数の耳がじっと待ち伏せている。

机に向かって古ぼけた本にかがみ込み、空疎な言葉《フレーズ》の余白にそれはしかるべきときにやって来るだろうと書きとめると、ふいに女中が部屋に入ってきて邪魔をする、暗闇のなかにとどまり続ける術はないものだろうか、かのじょが灯りをつけると、かれは本に光を這わせていた懐中電灯を上着の下に隠した、その姿は鎧戸の隙間から覗き見られていた。

それから何時間も断片を繰り返し反芻したが、回想録にはインクの染みと落書きしか残っていなかった、かれはすでによその国《あのよ》へと旅立っていた。

楡の木々か松林、これら無数の骸骨が散らばるなかでのこと、またたく光、夜の沈黙、ばらされ、散りぢりになり、修復不能になった本、その本は開きっぱなしのまま古ぼけた幻像《イメージ》をさらけ出していた、狂った振り子時計、激しい混乱、語られたことをその都度打ち消してゆく漂流する言葉たち、夢のなかまで執拗に追い廻されたかれに残されたのは書かれた物語だけだった、文字のなかでしかもう息ができない。

おそらく家禽商が門に姿をあらわしたのはこのころ、つまり夕方のことで、主人はもう落ち着きを取り戻していて、このお人よしの商人を坐らせると、かれが妄想をまくしたてるのをそのまま放っておいた、ドクターは肝臓を大切になさい、わたしのところに診せに来るといいと家禽商に言った。

インクの染みと落書き。

別の主題が神経の錯乱から立ちあらわれるだろう。余白に書き込む作業。

労働者の男が納屋から出てきたのは八時半だったのかもしれない、夕闇が下りていった、日没前の最後のきらめき、ほぼ漆黒の森の線、テラスには誰もいなくて邸の鎧戸はすべて閉め切られていた、沼地のほうから蛙の啼き声が聞こえた、この季節にしては暑い一日だった。

陰鬱で浮き沈みのないこの一年のなかでは。

気づかれずにいた過去が幾人かの心のなかでうごめきはじめ機械《メカニズム》を始動させたようだ。

採石場に着いた老婆が折り畳み椅子を草むらに置いて編み物をはじめると、その間に家畜はメエメエと啼きその身を揺さぶりながら甜菜畑ではしゃぎ廻り、犬は脛を甘噛みして遊んでいた、そんなとき労働者の男が曲がり角にあらわれ、女のもとに行き骸骨の散らばる森を遠くから指さすと、女は首を振り、編み目を数えなおす、するとトルペードが逆側から姿をあらわす。

主人が出エジプト記《エクソダス》と呼んだ終わりなき亡命の物語、うちに秘められた苦悶、幾世代にも渡るこの逃避行、駅と出発間際の車両のなかで語られる血なまぐさい話や滑稽な話、ちょっとした言葉の端々に滲む悲嘆、治療できない病、ぞんざいに扱われた山積みの荷物の下に埋もれるあの本来の領土、弱さと妥協からなるガラクタの寄せ集め、がたがたとふるえながらも決して枯れ果てることのなかったひとつの声、病人の改悛、指人形劇めいた罪の告白《メア・クルパ》のうんざりするような打ち明け話。

母が亡命車両に。

沈黙としゃっくりのせいで途切れとぎれのこのささやき声。

情報源は当てにならない。

神経の混乱から立ちあらわれる別の主題、養子の主題。

ドクターが待っていた。

そのとき案山子にびっくりして主人はふいに跳びあがった。

そうなんだとかれは言った、ぼくらは協力しあっていたのさ、アルフレドとぼくはね、ぼくというのはロドルフのことだ、わけのわからない一件で、ぼくには向いていなかったし、かれが悪戦苦闘するのを知らぬふりをして放置していたら、せっかくの関係もみるみる壊れていってしまった、日を追うごとにね、もう何年もまえのことさ。

新たな現実。

そうなんだとかれは言った、ぼくはあの子と一緒に暮らしていた、あの子は何歳だったのだろう、十五歳くらいだろうか、いつまで経っても養子は養子のままだった、身体も頭も弱くて、母親がどうしていいかわからなくなってぼくらに預けたのさ、ぼくらにもさっぱりだったけれどね、簡単な仕事をまかせても必ずおかしなことになった。

そうだとしても昔のほうがいまよりましだったわけではないし、なるたけ客観的に判断するかぎり、そのときもう未来なんてなかった。

ぼくがどんな父親だったか黙っておいたほうがよさそうだ、ひとまず支援者のようなものというか、簡単には折れない支えの棒だということにしておくけれど、相性はあまりよくなかったとおもう、ぼくらがここでひっそり過ごす毎日は、まるで日が昇っては暮れてゆくようなものでいわば……それに太陽は暮れてゆくけれどなくなりはしない、カレンダーも情熱もないのでなにも過ぎ去らない、風が屋根瓦のあいだを吹き抜ける波乱《ものがたり》のないこの邸でぼくらは暮らしていたんだ……

その数年前、アルフレドかロドルフの好みに合わなくなったぼくが暇を出されることになった、いや、かれがぼくらの状況と呼んだものにあらかじめ決着をつけてから死んだのが数年前なのかもしれない、ぼくが覚えているかぎりではお金がなかった、とくに眠っていると記憶の断片が甦ってくるけれど、この気苦労の数々をぼくらは頭痛の種だとおもっていた、だけど誰かが言っていたように、たしかに百年もすればこんな苦労のことなんて誰も話題にすらしないだろう。

なぜってぼくはほんとうに一人だったからで、養子とは食事のときにしか顔を合わせていなかったしそれすら怪しかった、かれは相変わらず鼠や牝鶏に罠を仕掛けていて、起きる音も床につく音もぼくには聞こえなかった、納屋で寝ていたみたいだけれど、訊ねてみるほど気も利かないし、納屋のほかに寝起きできる場所があるのかどうかもわからなかった、だけどもしかしたら側溝や茂みや厩肥のほうが好みだったのかもしれない、あの子はときどき悪臭を放っていて、だけどそれを指摘してやるほどおもいやりもなかった、ぼくが要求したのはひとつだけ、土曜日にかれが風呂に入るときぼくがかれの身体を石鹸で洗ってやることで、皮膚が剝けるくらいブラシでごしごしやるのだけど、痛くはなかったはずだ。

労働者の男が通りかかった。

ぼくが要求したのはひとつだけ、毎週土曜日かだいたいそれくらいの頻度で、風呂のときぼくがかれの身体を石鹸で洗ってやることで、カレンダーも情熱もないので曜日をまちがうこともあったけれど、このときはあまり孤独を感じずに済んだ、ぼくの手の下にかれの肌があって、全身をAからZまで隈なく石鹸で洗うんだけど、たぶんZについてはより念入りで、正直に言うと面倒な作業というより愉しみのひとつだったし、ともすれば孤独を和らげたいと気が急くあまり、カレンダーがないのをいいことに計算をまちがえたふりをして、一週間に二度かれを石鹸で泡立てることもあった。

ぼくが要求したのはひとつだけ、かれが悪臭を放っているとき風呂でぼくがかれの身体を石鹸で洗ってやることで、用心しなければとじぶんに言い聞かせながら頻繁になっていった、ぼくらの置かれたような状況でZの秘める力はまったくはかり知れない、ぼくらはこの邸と離れで世間から隠れて暮らしていて、その納屋のひとつにかれは寝ていたみたいだ。

カレンダーも情熱もなく。

この状況が突然訪れたとしてもぼくはそれを求め愛したにちがいない、ぼくらの開いた口にこんがり焼けたヒバリが棚ぼた的に落ちてきたか、あるいはふいに馬をもらったみたいなもので、文句なんてあるわけがない。

世間から隠れて邸とその離れにひっそり暮らしていたら、白痴がヒバリみたいに突然やって来たみたいなんだ、ぼくはその様子を見ていたわけではないのだけれど、納屋か干し草小屋に棲みつくのを放っておいたら、かれに対する権利はいっさいないのに、求めてもいない義務の数々にいきなり縛られて、こんなふうに未来のない状況に放り込まれる羽目になってしまった、この状況と瓜ふたつでうっかりまちがえてしまいそうなのが……

つまりひとつの状況。

中途半端な父親とか中途半端な養子といったものがどう振舞ったらいいのか、よくわからなくて当初は戸惑ってばかりいて、悪臭を放つかれの身体を風呂で洗ってやるべきなのか、どこに寝泊まりしているかを訊ねてやるべきなのかと考えたものだけれど、そんなときこうなるまえのかれの状況も、ぼく自身の状況もほとんど思い出せなくなっていた、エドゥアールやロドルフとの例の協力関係に甘えて無責任にカレンダーの紙葉が一枚ずつめくられてゆくのにまかせながら、ぼくは神のみぞ知るわけのわからないことを何年も考え続けていたんだ。

よその国《あのよ》へ旅立ったその生命。

そして情熱もないのにとじぶんに言い聞かせながら。

以前のじぶんの状況、協力関係ができあがるまえの状況がほとんど思い出せない、それが当時のぼくの義務を明らかにしてくれるはずなのに、さあ睡気と闘え、ほかになんと呼べばいいのかわからないけれど、たぶんぼくら自身のものではない状況の記憶がこの睡気のなかで断片的に甦ってくる、ぼくはなんてひどい環境にずっといたのだろう、ただたとえそうだったとしても白痴の存在を疑うことはぼくにはできなかった。

　蝶の観察や草むしりといったほかの気晴らしもあって、そうぼくらは草むしりをしたんだ、一メートル四方に驚くほどたくさんの種類の植物が生えていて、その名前を一つひとつ思い出しながら、この可愛い子に教え込もうとしたものだ。

　この睡気と闘うこと。

　ようするにうわの空で微笑んだりげっぷしたりしていたせいで、ぼくはロドルフの協力者だと見なされていたんだ、そんな状態も長くは続かなかったけれどね、ぼくが食卓についていたり、来客の際には門扉を開けに庭を横切ったりする姿を人びとは見かけたはずだ。

　なぜってぼくはお客さんというか、そう呼ばれていたものがとても好きだったからで、ロドルフがぼくに対して抱いてくれている関心が暗示をかけていたのかもしれないけど、かれはぼくを空想の世界に誘い込むと、調理婦や郵便配達員といったかれの善良さを示す架空の存在《おきゃくさん》たちをまえにして、ぼくが微笑んだりげっぷしたりするのを眺めていた、あれほどぼくを愛してくれたロドルフに対する感謝の念は言葉では言いあらわせない、ぼくというのはエドゥアールのことだ、なんてきめ細かな気配りをしてくれていたんだろう、というのもぼくらの存在から滲みでる倦怠はぎゅっとコンパクトに圧縮されていて、二メートルも離れれば見えなくなってしまうからで、この霧《くうそう》のなかでは調理婦と郵便配達員の区別だっておぼつかないからだ、かれはほらまたお客さんだ、愉しみだねと言うだけだった、ぼくがげっぷをしていたのはこういう空想の人物たちを相手にしていたときだけではなかったので、あくまでひとつの例にすぎないのだけれど。

朝ぼくが目覚めると白痴はもう起きていて、半分だけ服を着て中庭をほじくりかえしていた、髪を顔のまえに垂らしている姿を遠くから眺めているとある種の優雅さ、若者特有の優雅さがあって、近くから見るとかれの眼は、周囲のまなざしをすっかり惹きつけ、恍惚とした者たちの集うこの空っぽの楽園に特有の切なさをたたえていた、いやこれは地獄なのかもしれないけれど、誰もが同じような境遇で、ぼくはこんな楽園や地獄ならいくつも知っていた、ぼくらが決して辿り着くことのない場所、いずれにせよぼくなんかにぜったいわかるはずがない、じぶんの心を慰めたいという欲求が他人に対するぼくの考えかたをすっかりいびつに歪めてしまっていた、かれが恍惚としたまなざしをしていたというだけのことなのだ、かれの両眼が互いに離れすぎて同じ方向を向いていないのも、ぼくのつくった楽園の物語に価値なんてない証拠で、左眼に楽園がひとつ、右眼にも楽園がひとつという案配でもいいはずなのだ。

ああなんてことだ、ぼくの心から善意がなくなる心配はなくとも、心の平和は失われてしまうだろう、ぼく一人でこの子に付き添うことになって、以前の状況が消えてなくなったとき、最終的には平和を見出したいと願ったけれど駄目だ、まったく話にならない、ぼくのはまり込んだこの泥沼をどうして平和と取りちがえることができるだろう、平和というのはそもそもこういうもので、善意の大いなる姉妹なのだというなら話は別だけれど。

　スローモーションで廻転する二台の機械。

　白痴が中庭で楽しそうに遊ぶのをぼくは眺めていた、かれが砂遊びをしていると、ふいにその腕がくずおれるというか足いや耳が倒れ込むのが見えた、お願いだから微笑みを見せておくれと祈りながらすぐに声をかけたのだけれど、頭のなかで皿が割れたみたいにあたふたしてしまって助けを求めることもできなかった、もうぼくに微笑みかけてくれなくなったこの日を境に、かれは別れを決めたのだとおもう、ぼくと一緒にいる気も失せ、風呂にも魅力を感じなくなり、やがて別の太陽、別の養親、別の砂山のもとへと去っていった。

　誰かが言っていたように、たしかに百年もすればこんな苦労のことなんて誰も話題にすらしないだろう。

　あの哀れなレーモンは死の床でこのお馬鹿さんをぼくに押しつけたとき、きみの生活を満たしてくれるはずだとか、この子の将来を考えてやってくれだとか、風呂に入れてやってほしいだとか言っていた、そしてこのジャム〔「ぐちゃぐちゃの状況」、「調合した麻薬、幻覚剤」の意味もあり〕をかれは完成させることができなかったのだ、かれというのはレーモンのことだ、葬式のあとジャムを煮なおさなければならなくて何年か経ってもぼくらはまだそのジャムを食べていたのだけれど、その歓びを想像してみてほしい、ぼくは零からすべて説明しなおさなければならなかった、あの子は知りたがった、それがぼくらの庭のプルーンであること、ぼくらがエドモンと一緒に収穫したこと、寸胴鍋を買ったこと、ジャムづくりで大忙しのころあんなふうにかれが死んでしまい、ぼくがジャムを完成させられなかったのをかれがひどく残念がっていたことをだ、皿洗いをしながら繰り返し考えていたのはそれを一緒に食べられたらどんなに嬉しかっただろうということだった、それというのはジャムのことだ、ぼくはかれが、かれというのはロドルフのことだ、子どもに辛抱強くこう繰り返すのを聞いていた、これはぼくらの庭のプルーンなんだ、わかるかい、ナナールおじさんと収穫したのを覚えているだろう、これはぼくのことだ、ナナールおじさんはきみと一緒にこの大きな寸胴鍋を買ってモモルフおじさんがジャムを煮たのさ、亡くなっていなければモモルフおじさんも今日一緒に食べていたはずだよ、それから葬儀のことを思い出したせいで気持ち悪くなってジャムを吐きそうになった、ひどく暑い、ぺちゃぺちゃ音を立てる果実に墓場の匂いが混ざる、哀れなおじさんがベッドのうえでウィンクか、それに似たなにかをする素振りをしながらぼくに語ったのは、百年もすればこんなこと誰も話題にすらしなくなるはずだ、ジャムとはなにか、死とはなにか、すべては時とともに過ぎ去るといったことだった。

ああ善意よ。

磨き掃除や皿洗いや風呂といった家事仕事に正直言ってぼくは慣れっこになっていて、頭というかそう呼ばれているものが家事をこなしていると、無数の記憶が甦ってきて状況をもちこたえさせてくれたのだけれど、さもなければ状況は危険な仕方で惰眠のほうへと転げ落ちてしまったにちがいない、たとえばエンドウの莢むきで判断力が研ぎ澄まされていたおかげで、白痴が危険な状況に陥るとぼくはすぐ助けに向かうことができたのだけれど、それもこれもかつての日々へといつのまにかぼくを連れ戻してくれた記憶の断片のおかげだった、正確な時刻を一秒でも過ぎるとぼくのお馬鹿さんは梯子から転げ落ちるかスポンジを呑み込んでしまうかしたので、こまごまとした家事がなければぼくは不満で一杯だったにちがいない。

カレンダーも情熱もなく。

とはいえ来客がまったくなくなったわけでもなくて、ぼくは客を取るのが相変わらず好きだったし時折やって来てもいた、ぼくら二人にしてみればパーティみたいなもので、感覚が研ぎ澄まされていたおかげでぼくが谷間のほうを向くとちょうど数キロも先から、車か自転車かあるいは徒歩でやって来る訪問者の姿が森からあらわれたもので、ぼくらが客を見あやまることはなかった、ぼくらはテラスに陣取って客がこちらに向かってくるのを眺めていたのだけれど、こうして距離を置いて眺めていると一匹の蟻〔「麻薬の運び屋」の意味もあり〕みたいで、そんなときぼくはまた客だ、愉しみだな、いったい誰だろうと言ったものだ、道は蛇行していて、こちらには茂み、あちらには古びた塀があって、訪問者が徐々に大きくなっていった、子どもがお客さんってなにと訊ねるのでぼくは零からすべて説明しなおした、お客さんっていうのはぼくらに会いにやって来る車か自転車か歩いてくる人のことさ、どうしてぼくたちに会いに来るの、眼のなかが思い出でいっぱいにならないと心が満たされないからさ、心ってなんなの、ああ心か、いいかい、心っていうのはね……それにしてもいったい誰だろう、訪問者が段々大きくなってきた、トルペード型自動車だった。

旧式のトルペード、ぼくらはテラスに陣取って零からすべてやりなおした、一年とは、年月とはなにか、訪問者を目で追い、曲がり角から別の曲がり角へと向かうのを覗いながら、ぼくは挨拶の言葉やデッキチェアの準備をした、まもなく最後の曲がり角、あと百メートル、あと五十メートル、もうすぐトルペードは停まるだろう、停まった、客が車から降りてきた。

一年に三度ぼくらを魅了したあの熱狂のなかへ。

ぼくらが準備しておいたのはお酒や、デッキチェアや、来客への挨拶や、清潔な手や、つくり笑いだった。

断片を呼び醒ますこと、またモモルフについて語ること、ぼくらのうえに屋根瓦みたいに降りかかってきた災難について、ぼくらのジャムとぼくらの葬儀について客に語って聞かせること。

なかば恍惚とした者たちが皿を割ったりじぶんのZを洗ったりしながら味わうあのしあわせ。

ところで白痴がときどき森で迷子になるとぼくは鈴を振りながら探しに出かけたのだけれど、

まるで迷える山羊はこちらのほうだと言わんばかりにかれは駆け寄ってきたもので、かれと一緒にいることが多くの発見のきっかけになった。

そういえば訪問者は一杯飲むとモモルフのことを話題にしてきて、かれがまだ元気だと思い込んでいるみたいで、どうしてその死を知らないのか、ほとんど信じられないくらいだったけれど、証拠としてぼくらが一緒に食べた瓶詰を見せてあげた。

繰り返しておくけれど、人生の曲がり角がやって来るたびに、ぼくはお道化ているんだとか、ぼくはひと休みするんだとか言わずにおくにはかなりの善意が必要だったわけだけど、そんなやり方がいつも上手く行くとはかぎらなくて、無意識の過ちのせいでぼくの人生はまるごと横道にそれてゆくことになった、それに森の出口に、そんなところに子どもや客の姿などなかったとするなら、きっと言葉への愛がでっちあげたにちがいない、当時ぼくはモモルフの遺したもののことを何度も反芻しながらうわの空で過ごしていた、やむをえずかれがぼくにゆだねていった気苦労の数々……あるいは子どもや客がいたのは森ではなくぼくの眠りの曲がり角だったのかもしれなくて、かれらは日一日と肉体をすこしずつまといながら、じぶんたちの遺産の分け前を要求するようになってきていた、まるであの哀れなアルフレドはウィンクをしながらぼくの受ける辱めをまえもって予見し、ぼくの辿る道のりを三つのジャム瓶を使ってあらかじめ描いておいたみたいだった。

沈黙としゃっくりのせいで途切れとぎれ。

町に買い物に出かけようとぼくらがスロープラムの生垣のあいだの近道を下っていると、子どもがウマゴヤシのブーケをつくりはじめるので、ぼくはまるで乳母みたいにウマゴヤシってなにかなと繰り返しながら、ある日かれが正気を取り戻して買い物袋を持ってぼくのもとを去るところを想像したのだけれど、このことでもほかのことでも結局ぼくは勘ちがいしていて、ぼくの善意なんて眠りから覚めると眼の周囲についているあの汚い目やにみたいなもので、それを取り除く時間はぼくの人生には残されていなかった、こんな切なさ、そしてそれから食料品店に着きキャンディを買ってかれに舐めさせながら想像したのは、子どもを連れずに棚から棚へと身をひきずって歩いて、最終的にはビストロでどうしてじぶんがここに来たのかを忘れてしまうことで、もしほんとうの愛がこのようなものだとするなら、そう、ぼくは愛なんて知らずに生きていくはずだったのにこんなことになってしまっていて、ようするに人はめちゃくちゃな状況《ジャムづくり》に陥ること に毎日失敗するわけではないのだ。

そんなわけで買い物を終え歩道にいる白痴を見つけると、すでにキャンディを舐め終えていて、ぼくらはビストロに立ち寄った……

そんなわけでペルノーを飲み干してからもう一杯注文し、モモルフも子どももいない以前の状況にひたった……どうかしたのナナールさんと給仕《ギャルソン》がぼくに訊ねた。

それに以前の状況のことを考えるとこれを幸福と呼ぶのかもしれない、買い物かごにはじゃがいもが三つ入っていて、うしろにはお馬鹿さんがぴったりくっついているのだけれど、なにかがぼくに告げるのは……

そんなのすぐなんでもなくなるからと給仕《ギャルソン》が繰り返した、すぐに終わるよナナールさん。

さてカレンダーも情熱もなく……

というのもロドルフも忘れるためにカウンターに来て、こんなふうにいくつもの朝を過ごしてきたのだ、ぼくは盲目だった、かれの遺したものは軽いものではなくて、ぼくらはコップの底にこびりついたかれの亡霊をこれから毎日追い駆けまわす羽目になるにちがいない。

それなのにぼくらが誰とも約束していなかった夜にロドルフの友人がその死を知らずにかれに会いに来たのだけれど、あんなに元気だったかれがまさかとほとんど信じられない様子で、ぼくは相変わらずお客さんとはなにかと繰り返しながら、どうぞなにか召し上がって下さいと勧めた、ぼくらは親しく打ち解けて言葉を交わしながら遙か遠くに黄昏の光に包まれた白痴の姿が浮かびあがるのを眺めていた、甘美な姿だった、すでに失われてしまった状況のことを考えるとこれを幸福と呼ぶのかもしれない、世事への興味も色褪せ、屁をひり出すたびに義務感が満たされていった、背景には遠近感のない日本の屏風のようなこの風景、いにしえの至高天〔九つの天球より上の最高位にある天国のこと〕が広がり、いにしえの船が悲しみにうちひしがれた小学生のようなぼくらを乗せて進んでゆく、かれらは試験に失格したのだ。

ぼくらは陽気《ゲイ》にはしゃぐべきではなかったのだけれど、それでも夜会は執り行われた、なにか召し上がって下さい、かれは白痴について訊ねてきた、あの子は納屋に寝ているのですがさてどの納屋だったか、さあエドゥアールさんこのつましいわが家での一夜を愉しんでいって下さい、たまたまやって来た客だった、いやちがう、かれの来訪は予定通りだった。

あるいは手短に引き上げようとする客を白痴と一緒に引きとめるのは愉しくて、客が滞在を続けることになると、ぼくらは翌日のマチネでも客を丁重にもてなした、奥さまとお嬢さまについてお話しいただけませんか、客によれば娘は舞踏会《ボール》でまばゆいばかりに輝くような存在で云々、妻のほうはわたしを至高天、つまり悲しみにうちひしがれる日本人たちの楽園から救い出すことができなかったのですと、かれは慎ましくぼくらに告白した。

そういうわけでぼくらは肩を並べて草むしりをしていて、気の滅入る仕事だったけれどウマゴヤシとはなにか、チコリとはなにかと繰り返すきっかけくらいにはなって、風呂や郵便配達員のやって来る時間まで続けていたのだけれど、ただもう郵便配達員はいなかった、このころぼくは孵化するまえに死んでしまった様々な希望の時代を繰り返し思い返していたのだけど、まるで現在という時代、その腹を下すようなおそろしい孤独が、すでに過去を支配してしまっているみたいだった、というのもぼくはずっと一人ぼっちだったわけではないからで、固く結ばれていたエドモンとぼくが二人でひとつの状況を生みだしていたことがなによりの証拠だ、ボタンを縫い付けなおしたり〔「関係を修復すること」、「オルグしなおすこと」を示唆する隠語〕疑いを晴らしたりしなければならなかったのを夜になるとふと思い出すこともあって、ぼくは当時のことをていねいに細かく探ることにした、かれは動物にそうするみたいにぼくをよく家から叩き出したもので、それはぼくがかれのお気に召さなくなる日まで続いた、ほんとうにひどい環境にいたもので、根っこのところを掘り返すとめまいがしそうだ、だけどそれによって多くの状況が一気に生まれたのも事実だし、それにずいぶんまえのことだけど、夜になると過去をもっとはっきり思い返すこともあって、ほどほどのところで止めてくれる人もいなかった、お馬鹿さんに注いだ愛情が距離を劇的に広げてしまって、情熱が最高潮に達したとき相手はもう影だけになってしまっていたみたいだ、蟻が路上を遠ざかり、森に入る……望遠鏡、はやく望遠鏡を、ぼくの愛する最後の人がいなくなってしまうまえに。

そういうわけで、そう、かれは朝起きると中庭でぶらぶらしていて、髪が顔のまえに垂れる姿には、優雅さのようなものがあった、雲を眺めるかれの興奮がぼくの目に映り、かれの発する牛小屋の匂いがぼくの鼻先に漂い、日本人たちと恍惚とした者たちの集う至高天へとぼくの精神を開いてくれたかれの声の抑揚がぼくの耳に響いていた、未来のない状況に生きる切なさ。

ぼくが繰り返し反芻する時間。

スローモーションで廻転する機械。

この状況の悲惨さ、末期状況、それを死の寸前まで続けること、あらゆる虚栄を、あらゆる礼儀作法を忘れること、すばやく日本人たちの楽園に合流し、山頂にじぶん自身を彫り込み、永久に身動きせずにいること、あるいは橋の下で川の水が流れるのを眺め続けること、ぴくりとも動かない三つの水紋。

かれがぼくに石鹸を差し出すとぼくの手はZへと下りていった、無垢なものが硬くなっていった。

さあ、お立ち会いになりたければどうぞとぼくは客に言い、洗い場までかれを案内した、風呂の時間だった、養子が服をぬぎ儀式がはじまった、ぼくはエドモン氏を煽り立てた、さあとくとご覧下さい、この夕べの倦怠を吹き払うために、このお馬鹿《クレタン》さんを勃起させること、徒労に終わった、第三者の存在にかれは混乱していて、ぼくらは諦めなければならなかった。

悲しき自然。

そうぼくらはまだ自然なしでやりすごすための言葉《フレーズ》を発見していない、ずっと見つからない、万物を一息にとどめおく言葉、満腹になった状態で朝その言葉を唱え、夕方暮れゆく太陽を眺めながら舌がもつれるまで同じ言葉を繰り返し唱え続ける、もう睡眠も快楽もいらない、滋味豊かで心静まる言葉、特効薬、草をむしりながら、ほかの人たちのZを洗いながら、食べることができ、飲むこともできる明快な言葉、……する日まで……

そしてその日が訪れると、遠近感のない風景のなかに白痴が熾天使の姿をしてあらわれた、かれの澄んだ両眼はついにはひとつの同じ対象をじっと見つめ、髪には整髪料をつけ、ブルージーンズは清潔で、天上の優雅さをたたえている、そしてかれがぼくらに向かって言葉《フレーズ》を繰り返すと、突然ほかの至高天への扉がつぎつぎに開かれ、人びとは別の天へと渡っていった……

その言葉《フレーズ》。

まだ見つかっていない。

そうなんだとかれは言った、まだ見つからないんだ。

余白に書き込む作業。

案山子が地面に横たわっていた、主人は近づくと、その肩に、ブルージーンズにそっとふれた、灌木に案山子を設置しなおすべきなのかもしれないが、そんな気分になれなくて、人形《シミュラークル》は厩肥のうえで待ち続けることになるだろう、底なしの苦悶、幻《シミュラークル》はもう夢のなかにしか姿をあらわさないだろう、どの納屋に眠っていたのだろうか、人形が周囲のあらゆる木々に釘で打ちつけられていた、もう眠れない、寝室から台所へ向かいながらかれは救済をもたらすかもしれない言葉《フレーズ》について繰り返し考えていたが、それも徒労に終わった、流れにまかせる以外に手はない、もう夜になっていた、激しい雨が中庭の敷石を槌のように打ちつけた。

肘掛椅子のうえでまるく身を縮こまらせたかれはすでに硬直していた。

その通りさとかれは言った、ほんとうの愛がこのようなものだとするなら、ぼくは愛なんて知らずに生きていくはずだった。

わずかでも思考が躓けば死。

ここにカレンダーはない。

白痴は朝出かけたようで、コーヒーを飲みに来なかった、隣人の女が松林の上流の川沿いでかれを見かけたらしいのだけれど、いつもの道から外れたそんなところでかのじょはいったいなにをしていたのだろう、主人は返事をしなかった、子どもはたぶんギンヒラウオを釣っていて、前日糸に釣り針をつけているのを目撃されていた、よく労働者の男と一緒だったのだけれど、一人で出かけて何時間も帰って来ないこともあって、そうだとしても昼過ぎになることは滅多になかった、空腹にさいなまれたのだ。

瞳の色もしぐさもふいに、もうまったく思い出せなくなる、子どもはひとつの影にすぎなくなった、蟻が遠ざかってゆく。

朝かれは出かけたようで、山羊飼いの女が松林のそばで見かけたらしいのだけれど、ドクターがもう一杯注いで言うには……

年を跨ぐたびに深層で生じるこれらの激しい変化。

朝かれは出かけたようで、前日糸に釣り針をつけているのを目撃されていた、労働者の男が言うには山羊飼いの女が松林の上流で見かけたらしいのだけれど、かのじょはそんなところでいったいなにをしていたのだろう、主人が返事をせずにテラスで食前酒を飲んでいると、ふいに女中があらわれて旦那さまお食事の準備が整いましたと告げた、古めかしい言いまわしがドクターを面白がらせた、かれはところで誰が案山子を動かしたんだいと女中に訊ねたがかのじょは知らなかった、台所の窓は別の方角を向いている。

一時ころ帰ってきたらしい、夜明けに出発したかれは、辺り一帯をくまなく歩き廻った、森、採石場、用水路、雑木林を何時間も探し廻り、もう沼地しかないとなったとき白痴がはまり込んでいるのを見つけたのだが、もう上半身しか出ていなくて、ああもう頭しか、片手しか……

そんなはずはない、かれはもうすぐ帰ってくる、空腹にさいなまれているはずだ。

そうはいっても幻像《イメージ》は完全な肉体を欲しがっていて、そこに白痴がはまり込んでしまった、主人は現場に駆けつけると、ああもう頭しか、片手しか見えないとなったその手をつかんで一気に引き寄せ、死骸がいくつもぶらさがる木を支えに踏んばって朝まで過ごした、その朝ドクターは熱が下がったのを確認すると病人の求めに応じて回想録のテクストをふたたび読みあげた、事の顛末を正確に記録したものだった、子どもは枕元にいてまもなく風呂に入るところだ、その通りさとかれは言った、そう、ほんとうならぼくはそんなものなしで生きていくはずだった。

外部へと通ずるひび割れがないかぎり。

曲がり、ふたたび曲がり、もとの場所へと繰り返し舞い戻ること。

深層まで構成しつくされた夜。

来客が帰ったあとの夜のことだった、白痴は眠りにつき、主人は寝室から台所に向かってぼうっと歩いていた、外で蛙が啼くのが聞こえ空には断続的に熱雷がひらめいていた、窓は庭に向かって開かれ、すべてが秩序立っている、当時の邸は決して閉め切られることがなくて、邸に棲むという計画だけが肝心だった、しあわせを味わうこと、世事への興味も色褪せていてそんなとき抱く感情はといえば……寝室から台所に向かってぼうっと歩いていた、わたしにはまだかれの姿が目に浮かぶ、一種の優雅さを帯び、眼はあのおびえた冷たい輝きを放っている、かれはお芝居みたいに一人で饒舌に喋るとぴたりと口を噤んで、鏡のなかのじぶんの姿を見つめ、まるでしゃっくりを我慢するみたいにこらえた、じつに興味深い人物、かれの愛した相手は白痴とそのあとに出会ったドクターしか知られていなかった、たおやかな愛情、機械がどこか壊れている、かれらは一緒に陽気にはしゃぎながら一日を愉しんだ、するとズボンの前開きが血まみれになった死体がいきなり戸口にあらわれる、主人はあとずさりしてベッドに倒れ込んだ、山羊飼いの女が近づき肩にふれた、かれらがやって来て死体を確認している間にドクターは紙片の束を手にし、ささやかれた言葉《フレーズ》を一文字ずつ辿りながら読みなおした。

単語の半分くらいの間。

幻像《イメージ》に付着したかすを取り除くこと。

かれはチェーンソーを使いたがり、隣人の男からくすね、駆動させる、すると機械《チェーンソー》が横滑りする、白痴はあらぬ動きをし、ぞっとするような傷口から全身の血がすっかり抜けてしまう。かれは下腹部を押さえながら厩肥のうえに倒れ込んだ。邸には誰もいない、女中は町に買い物に出ていて主人は沼地のそばを散策していた。かれが灌木の下であえいでいるところを発見されるのは一時ころのことだ。子どもは鴨を届ける途中で森へと迂回し、気絶した負傷者と広がる赤い染みを見るだろう、赤い染みはじわり、じわりと広がる、かれは家にいる母親のもとへと逃げ帰り、母親が生気のなくなった死体を確認しにやって来る。

女が耐風ランプを手に死体に近づく姿がまだわたしの目に浮かぶ、かのじょがかがみ込んで、死体の肩にそっとふれてから、灌木のうえで腕を十字形に広げる案山子のほうに頭をもたげると、ぼろぼろになったブルージーンズを灯りが下から照らし出していて、ちょうど赤いぼろきれが舞い落ちてきたのを、かのじょが拾いあげて長男がなんとかもとの場所に戻した、かのじょたちは主人に知らせにゆきそれから軀を抱きかかえて寝室まで運び、ベッドのうえに安置した、遺体はすでに硬直していた、女中はせっせとコーヒーを淹れ、主人は暖炉にもたれかかって泣きじゃくりドクターは……

葬儀の物語があとに続いた、百回も同じ話の繰り返し、基本的な主題は父性愛ないしそれに代わるもので、なんとも言いがたい味わいが残って、ひどい気分になったとまでは言えないまでも混乱した感情が湧き起こって、そしてペルノーをもう一杯飲み干すと神のみぞ知るわけのわからないなにかへと溺れてゆく、ああ自然よ、わたしたちはやがて風呂と石鹸の泡立ちの物語の様々なヴァージョンをかれからすべて聞くことになったのだけれど、血まみれの傷口のせいで今回は凄惨な物語となっていた、案山子の絶望、かつてない失敗、つまり夢想をめぐらせるべきこと。

このとき死体のうえにかがみ込んでいたドクターは嘴でつまむみたいに傷口から血まみれのものを取り出すと玄人好みの一片だと言って、顎を動かし舌で音を立て、それから傷口にふたたび集中しそこから無傷の原稿を取り出した、まさしく奇蹟だった、眼鏡をかけ言葉《フレーズ》を読みあげると別の一人はそこに苦い味わいを見出した、この地方に棲息する猛禽類の活動のせいで、哀れな身体に残っていたのは頭蓋骨と、陪餐者の小さな鎖のうえで引き攣る片手だけだった、こうした使い古されたイメージでさえも胸を締めつけるような調子を帯びた、歓ばしき破滅の時代、人びとは若かった、こうしたすべては夕暮れどきに人形《シミュラークル》を抱えて進む男に話を戻すためのもの、ビロードのようになめらかな飛翔体が雲のなかに油染みのようににじわりと広がってゆく、不吉な前兆。

子どもは鴨を届ける途中で森へと迂回した、白痴が案山子をくくりつけるヒモをほどいているのを見かけると駆け寄って、二人で人形《シミュラークル》を納屋のわきまで移動させ、奥まった場所に置いた、わたしにはまだベルト代わりになっていた赤いぼろきれや、擦り切れたブルージーンズや、添え木のうえで引き裂かれた上着が目に浮かぶ、するとふいに夕闇が下り、もう輪郭の見分けもつかなくなった、藁《かかし》の番人にびっくりしてあとずさりしたみたいだ、それから子どもは死体を置いておいた灌木の下に戻りそれを女中に届けると、かのじょは抽斗から二スーを取り出し、はいご苦労さまと言って、鴨を冷蔵庫にしまった。

血まみれのもの。

物語がはじまったのはこの時よりかなりまえのことなのかもしれない、いずれにせよその点についてもまだくれぐれも慎重に、注意を払うとしよう、ばらばらに散らばっているどの要素にも、薄氷のうえをゆくように近づいてゆかねばならない、それにしてもなにを引き出すためにこんなことをしているのだろう、面白味のない断片、あらゆる逃避行のなかで擦り切れてゆく過程……

ささやき声を黙らせること。

案山子をこしらえようとドクターが戸棚からブルージーンズと赤いぼろきれを取り出し、木の先端を釘で打ちつけ、藁を集めて磔柱に掛けたぼろ着に詰めこんだのは、桜を食い荒らすムクドリの時期、庭の計画を立てていた時期、うしろ暗さのない来客と友情の時期で……

それからすべてが消える。

主人はふたたび読書をはじめた。

ユリ科の植物が壁に沿って生え、囲いをした小庭には毒草が密生し、ベンチではかのじょが編み物を膝に置いたまま坐り込んでいる、かのじょは寝ているわけではなく、井戸の向こうの一点をじっと凝視していて、山羊のおかげで時間を思い出すと、一息に立ち上がり、前掛けを整えて足を軽くひきずりながら群れのあとを追って小径を進んでいった、犬が刈り株のあいだを跳ね廻っていた。

男は老婆が留守なのをいいことに台所にあがり込んで、戸棚、食器棚を開け、ベッドの下を覗きに行ってから引き返して、収納箱をあさっていると猫が外でニャアと啼くので、侵入者は跳びあがるが、庭には誰もいなくて、かれは壁に身を隠すように外に出て姿を消した。

主人はふたたび読書をはじめた。

灌木の陰からあらわれ、わたしたちのほうに向かってくる、手にした赤いぼろきれを頭に当てがっていて、こめかみに沿って血が流れるのが見えた、かれはテラスに倒れ込んだ。

邸の角にあらわれたかれは、ちょうど冷えきった部屋からやって来たところで、赤い革装の本を手にしていて、椅子に坐ると、身ぶるいしはじめる、その季節も終わりに近づいていた、楡の若木にはもう葉が一枚もなくて、中庭にはあの寒風が吹き込んでいる、かれは納屋の向こうの一点を何時間もじっと凝視し続けていた、夜の闇が下りてきた、かれがドクターの呼び声にびっくりして跳びあがったのは、ドクターがもうこの世の人ではなかったからで、どこかうわの空《あのよ》の頭で、同じことを際限なく繰り返していた。

額に手を当ててこう言った、かれがあの赤いものを持って歩くのを見たんです、遠くからわたしたちに会釈し、噴水盤のわきの並木道を抜けながら森のサテュロスやニンファの半身像を左右に眺め、いったんオレンジの木陰に隠れて姿が見えなくなってからここにふたたびやって来ました、ドクターがいるとはおもってなかったみたいです、それからもうかれは思い出せなくなった、だけどわたしはそこにいたんですとかれは繰り返した、わたしたちはパスティスを飲んでいました、いま目に浮かぶのは地面に落ちたぼろきれと泥まみれのブーツだけで、かれは沼地から帰ってきたところでした、誰かがのびていて介抱されていて、それから冷えきった部屋を抜けるとベッドがあって、誰かが絶命しかけていました、なんとか思い出してください……かれの受け答えはしっかりしていたとおもいます、ほかの細かな点はというと、ちょっと待てよ、そうだ机のうえに灯りがあって、暖炉のうえには時計があって、扉は……

夜中に庭に出ること、井戸までの歩数を数えること、もと来た道を逆向きに辿りなおしそれから石塀の囲いのほうに曲がること、灌木まで四メートルか五メートル、月夜の晩の案山子にびっくりして跳びあがるだろう、かれらは案山子に藁を詰めこんだ、隣人の男の上着とズボン、労働者の男のキャスケット、それに子どもによれば地面に落ちていたという例の赤いスカーフ、子どもはそのスカーフをもとに戻そうとしたのだけれど背が届かずに人形を倒してしまっていまも厩肥のうえだ。

わずかでも思考が躓けば死。

夜の闇に向かってむくりと起きあがること、灯りをともすこと、鎧戸はすべて閉め切られている、振り子時計の音にびっくりしてかれは跳びあがった、つい先ほど誰かが勝手口から台所にあがり込んだところだった、壁には赤い染みがある、かれは息をひそめて奥へと進んだ、それは隣人の子どもで、抽斗のなかにじぶんの財布を忘れてしまったのだ、おまえかびっくりさせるなよと主人が言ったときには子どもはもう遠くにいた、誰かが室内を徘徊していた、隣人たちは出かけたばかりで、ポットのコーヒーが冷めていった、かれが肘掛椅子に坐っている様子はまるであの死という笑劇の稽古《はんぷく》をしているかのようだった、鎧戸の隙間から案山子の様子を覗っているとふいに案山子が厩肥のうえに倒れ込んだ、白痴のいや鴨売りの男の死体、労働者のキャスケットと鳥の嘴、ポケットナイフの一撃で砕かれた竜骨突起、かれは頭を両手にうずめていた、振り子時計の音にびっくりしてかれは跳びあがった。

あるいは骸骨の散らばる森で朝早くからこの夢を忘れること、山羊の啼き声が聞こえたとおもったら子どもが沼地のなかへと忽然と姿を消す、誰かがせせら笑う、かれが振り返ると泉のこだま《ニンファ》だった……

夜の闇に向かってむくりと起きあがること、台所までの歩数を数えること、子どもは虐殺に居合わせていた、下腹部に開いたあの傷口のくっきりとした輪郭。

夜の闇に向かってむくりと起きあがることそして書きつけるそのそばから消滅してゆく幻像《イメージ》を手帖に書き込むこと、いくつもの断片、あのあいまいな過去、歯の抜けた老婆の口、文字盤、二本の編み針……振り子時計の音にびっくりしてかれは跳びあがった、遠ざかるドクター、この距離だと蟻、当時の客たち、朝の白痴、顔に垂れる髪、森の青い線、際限なく飲み続けるあのパスティスとカラスたちの飛翔、失神、あとはもうなにもない、夜の闇が下りてきた。

静けさ。灰色。机に向かって書き込みを続けていた。外には季節の変わり目のあの霧。人びとが沼地に戻ると、骸骨が吊るされていた木がすっかり消えてなくなっている。老婆は竈のそばをほとんど離れない。物たちは沈黙し、人びとは眠る。ほかになにが。ドクターは小花で飾られた額縁のなかでウィンクしているように見える。女中は買い物に出かけ……

それからかれは遺言を書きなおした。

下記署名のわたし、冷えきった部屋にいる、ドクゼリ、調子の狂った振り子時計、下記署名のわたし、沼地にいる、山羊いや鳥の骸骨、下記署名のわたし、道の曲がり角にいる、主人の庭にいる、呪いを唱える老婆、死者たちの番人、サテュロス、シミュラークル、疫病神に睨まれていびつに歪んだあの道を走る軽トラックに乗って、意識と呼ばれるこの笑劇の玩具、誰もいない、下記署名のわたし、白昼の真夜中にいる、退屈さに取り乱しながら、性悪な老婆、梟《フクロウ》、カササギいやカラス……

闇夜にむくりと起きあがること、手帖にふたたび取りかかること、遺言を書きなおすこと、退屈さに取り乱すこと、扉を開けること、閾を越えること、森のなかに姿をくらませた夜明けのあの山羊飼いの老婆を夢想に耽りながら待つこと、白髪まじりの足をひきずる老婆、番人は睡眠をとりに行った、光が射しはじめているようだ、バラ色と青色、早朝《マチネ》、冷えきった部屋に戻って振り子時計の調子を狂わせること、奇矯な振舞い、ある季節から別の季節へ、ふたたび夜。

番人はというと納屋の隅でまどろんでいた、坐っている男の姿が見え、その頭が前方に沈み込む、夜明けがかれを揺り起こしにやって来るだろう、夢の守り人たる山羊飼いの老婆、家畜の群れはぶるっと身をふるわせかのじょは曲がり角で忽然と姿を消す、まもなく光が射しはじめるだろう、人びとが目を開け、悪夢が霧散する、日中人びとは悪夢の細かな網目を一つひとつ丹念に辿りなおし、夜になれば翌日の夜明けまで悪夢にどっぷり浸かりなおすだろう、白髪まじりの足をひきずる女、煤と灰をかぶったようなかのじょの山羊たち、キマイラ。

下記署名のわたし、死者たちの番人、いくつもの道が交わる交差点にいる、手帖に書かれたかくも灰色な地の果てにいる、この国の悲惨さがあらわになる楡の頂にいる、石のほかにはなにもない、下記署名のわたし、厩肥のうえにいる、山羊小屋にいる、夜明けにいる、黄昏にいる、あれは置時計よりまえのことだったのかもしれない、それにしても手練手管のかぎりを尽くしたこのガラクタの寄せ集め……

財産目録があとに続くがその結果……

じぶんを支えるヒモを外されたかのよう。

小花で飾られた額縁に収まるドクター。

十月のある朝いや十一月だったか、楡の若木の葉も落ち、葡萄の収穫も終わって、中庭には甜菜と南瓜が山と積まれ、ドクターがテラスにいる。かれの帽子はかたわらの草むらに置かれていた。腐乱した花々の並ぶ花壇のあいだからは台座から転げ落ちた彫像が見える。その向こうにはかつて門だったものがあって、その一方の扉は欠け、もう片方の扉はぼろぼろに朽ちていた。軽トラックがまえに停まり、男が降りてきて、まっすぐ進むようなしぐさをしてからおもいなおして石塀の囲いをぐるりと迂回する。台所からやって来た主人が、邸の背後からあらわれる。かれの運ぶ重そうな盆のうえには、色々なものがひしめき合っていて、一つひとつの見分けがつかない。川から立ち昇る霧がたちまち広がり、もうなにも見えない。ドクターがお坐りなさいと言うのが聞こえ、沼地という語、曲がり角という語が聞こえるが、話し声もすぐ掻き消されてしまって、隣家のほうから薪割り台に振り下ろされる斧の音だけが響き、今度はそれも消える。

夜の闇が下りるまで。

厩肥のうえで死んでいるところを発見される数時間前この机に坐っていたのだ、見張りをしていた番人が灰色の冷えきった日に目をとめたのは死者だけだった、鎧戸の隙間に近づいたかれは、死者が振り子時計の調子を狂わせ、それからぐったりと椅子に坐り込んだまま、肘を机について、頭を両手にうずめているのをはっきり見たらしい。

シランシー、一九六八年

パンジェに魅せられて

——「訳者あとがき」に代えて

堀千晶

ロベール・パンジェは、じぶん自身がぴたりと収まるような、しかるべき固有の場所をもたない作家である。その作法は徹底したものだ。かれは、じぶんのことを現代人だとはおもっていなかったし、そうありたいとも考えていなかった。

一九一九年、スイスのジュネーヴに生まれたかれが、大学で法学を学び弁護士としてしばらく働いたのち、まるで逃げ出すかのように、パリに移り住んだのは一九四六年のことだ。一九三〇年代に入りヨーロッパ各地に暗雲が立ちこめるなか、二十歳で動員され、国境警備の任務につくことを数年間余儀なくされたかれは、ずっと軍隊にも兵舎にも馴染むことができず、終戦の時期には、軍隊内の秩序を乱したことを指弾され、投獄されさえしたらしい。軍隊での経験について、その内実は明かされないものの、かれはのちにこう語っている。「盲従のおそろしさ。しかも知的で芸術的な生活から完全に切り離されていた。死に等しい。おぞましい記憶」(*Robert Pinget à la lettre*, pp. 84-85)。パンジェにとって「終戦」は解放どころか、たとえどれほど短期間の収容だったとしても、軍事刑務所の記憶と結びついていたにちがいない。ある意味で、かれにとって戦争は終わらなかったと言ったほうがよいのかもしれない、祖国は芸術家に寛容な居心地のよい場所ではなかった。そのままスイスに居続けることは窒息しそうな思いを抱えつづけることを意味していたのである。是が非でも移住しなければならなかった。

到着したパリは、芸術家としてのかれの資質を育んでくれる場所だった。その後もパリは生活拠点のひとつであり続け、一九六四年からはフランス中西部のトゥレーヌの田園と、パリの街路のあいだを行き来する生活を送った。パリに着いた当初、若いパンジェは作家ではなく、画家を志して美術学校(エコール・デ・ボザール)に通い、個展も開き、それなりの好評を得たらしい。だが、まもなく画家の道を離れ、文学に専念することを決める。若いころから詩を書いていたかれは、暗誦できるほどマラルメの詩を愛好し、マックス・ジャコブ——ユダヤ人としてゲシュタポに逮捕され、ドランシー収容所で一九四四年に亡くなったカトリックの詩人——を敬愛していた。「小説家」、「劇作家」として名をなしてからもパンジェは、じぶんの作品はむしろ、「詩人」による仕事だと考えてほしいと繰り返していた。また絵画のかたわらで、かれは十二歳ころからチェロを習いはじめ、音楽に親しむ。一時の中断を挟みつつ、作家となってからもチェロの演奏を続けていたパンジェは、バロック音楽のなかでも、とりわけバッハを愛好し、主題と変奏によるその作曲法を、かれ自身の作品の構成にも取り入れている。その代表作のひとつといってよいのが、本書『パッサカリア』であり、題名は十八世紀初頭に作曲されたバッハの同名の作品に由来する。

小説家としてはセルバンテスやカフカを尊敬し、「ヌーヴォー・ロマン」の作家と呼ばれた人びと、とりわけロブ゠グリエとつかず離れずの関係を結んだ。一九五六年以降、パンジェの作品を出版するようになったミニュイ社との契約に際しては、同社で原稿の下読みをしていたロブ゠グリエから原稿の削除を要求され、それに抗いつつもしぶしぶ受諾するという事件もあったが、のちにかれはパンジェの心強い擁護者となる。とりわけ『パッサカリア』に関して、かれはクロード・シモン『フランドルへの道』と並べながら、目醒ましい構成の傑作として褒め讃えている(Alain Robbe-Grillet, *Les Derniers jours de Corinthe*, pp. 152-3)。

一方、ミニュイ社のまえで一九五九年に撮影された有名な写真が流布させたイメージにもかかわらず、「ヌーヴォー・ロマン」の作家たちとの交流は、基本的に作品を通じてのものだと考えたほうがよいようだ。そもそも「ヌーヴォー・ロマン」には綱領や宣言はなく、大雑把に言うなら、小説の形式(書かれ方)への強い関心、言葉という素材そのものへの着目、言葉遊びの積極的な活用、書かれ／読まれつつある作品に対する自己言及、時間軸の錯綜、小説のある側面(たとえば描写、固有名の使用）を過剰に膨れあがらせようとする傾向、あるいは逆に、ある側面（たとえば物語、出来事同士の因果関係）を削ぎ落とそうとするミニマリスト的傾向が、作家や作品に応じてしばしば問題になったという程度の共通性しかない。それぞればらばらの星が、遠くから見てひとつの銀河のように見えているようなものだ。パンジェは、ミニュイの作家たちを読むようになったことで、「構成」により注意を払うようになったと述懐している。また、小説を「理論化」しようという傾向に対しては、強い苦手意識をもっていたらしく、そうした傾向からは一貫して距離を取り続けた（とはいえ、バルトとフーコーはそれなりに読んでいたようだ）。

しばしば類縁性が指摘されるロブ゠グリエとの関連でいうと、ロブ゠グリエが「まなざし」（覗くこと）を重視するのに対して、じぶんは「声」（聞くこと）を重視しているとパンジェは言う。パンジェは、書くことは、ほかの誰にも聞こえない「声」を耳で記録し、その抑揚、声調（トーン）を精緻に言語化することにほかならないと繰り返し語っていた。『ル・リベラ』に付された一九六八年の「あとがき」で、かれはつぎのように述べている。「耳によって記録されたと言ったのはまさに、話し言葉、というかむしろ感性のほんのわずかな変化にもしなやかに寄り添うことのできる、コード化されていない話し言葉の統辞法に魅せられているからなのだ。この統辞法は進化を続けながら、わたしたちの言葉が感覚の求めるものにぴったり合うものになるよう努力を続けている。わたしにとってはそれこそが唯一、関心に値するものなのだ」（*Le Libera*,

p. 226)。句読点が極限まで切り詰められたテクストのなかに、多数の声が入り乱れるせいで、おそらくパンジェ作品のなかでもっとも難解な作品のひとつと言ってよい一九七五年の『この声』(*Cette voix*)を訳す際に、英語訳者バーバラ・ライトはパンジェに相談し、言葉と意味の切れ目をさぐるために、朗読するよう頼んでみたところ、パンジェは快諾してくれたという。どこかフローベールをおもわせる逸話だが、パンジェは言葉の音声的な響き、リズムに日頃からきわめて敏感だった。ほかのどの声でもない「この声」へのこだわりは、作品ごとにその調子やリズムを変化させながら、ずっと続くことになるだろう。本書にも見られる難聴の主題が、一九六二年の『審問』(*L'Inquisitoire*)や一九六五年の『誰か』(*Quelqu'un*)に出てくるのも、「声」をめぐる問いの流れのなかにあるものであり、それはときに、小説の言葉を書き連ねる作者の姿と、淡く重ね合わせられてゆくことになる。

「ヌーヴォー・ロマン」の作家たちとのつき合いとは別に、パンジェにとってほかの誰よりも遥かに偉大な同時代人だったのはサミュエル・ベケットである。かれの人柄と作品への深い敬意は終生揺らぐことがなかった。ロベール・ラフォン社から一九五二年に刊行されたパンジェの『マユあるいは素材』(*Mahu ou le matériau*)を、ミニュイ社の下読みをしていたロブ゠グリエに推挙したのもベケットだった。パンジェとベケットが手紙を交わしはじめたのは『ベケット書簡集』によるなら一九五三年ころ、初めて直接顔を合わせたのは一九五五年のことだ。二人のあいだでの行き来は、ベケットがノーベル文学賞をめぐる騒ぎのなかで雲隠れするころまで、相応の頻度で行われていたらしい。一九五七年、パンジェはベケット『すべて倒れんとする者』（*All that fall*）をフランス語に翻訳（*Tous ceux qui tombent*）。フランス語版ではパンジェ訳と表記されているが、実質的に、ベケットとの共同作業によるものである。その一方、ベケットはパンジェ『手回しオルガン』（*La Manivelle*）の英語版テクスト『ザ・オールド・チューン』（*The Old Tune*）を一九六〇年に発表。パンジェの了解のもと、地名、人名がすべて変えられており――たとえば原文の人名「ポマール（Pommard）」は英語版では「クリーム（Cream）」――、「翻訳」とは表記されていない。ベケットはじぶんのテクストに対峙するのと同じような作法で、パンジェのフランス語を英語に置き換えていったのだろうと推察される。かなり異例のことだ。

『すべて倒れんとする者』の翻訳をめぐる共同作業は、ベケットの驚嘆すべき博識と記憶力を背景とした、一つひとつの言葉へのおそるべきこだわりをともなうものだったようで、パンジェによれば、ベケットはひとつの語のために数週間かけることもあったという。この共同作業の経験について、パンジェが一九六〇年に残した記録がパリのジャック・ドゥーセ文学図書館に保管されている。「ベケットが『すべて倒れんとする者』の作業のためにわたしの家にやって来た。かれを自宅に招くのは初めてのことだった。どうにかテクストの粗訳めいたものをつくってはみたものの、かれの意見を聞くべき点がたくさんあった。それからというもの、かれはわたしの翻訳に全面的に手を入れた。わたしの英語の知識が初歩的な水準にも達していなかったせいで、かれの仕事を倍増させてしまった。かれは、わたしの名前がミニュイ社から出版される書籍にも記載されるよう主張してくれた。サムが些細な言葉の重要性にもこだわることを考えると、こうした振舞いは忘れがたい。この共同作業からわたしは多大な恩恵を得た。熱心に作業に打ち込むその誠実さ、緻密さ、書くことに関わることとなるとどれほどわずかな弱点でも放置するのを拒むこと。こうした姿勢が、ものをつくるときに払わなければならない配慮について、つねづね考えていたことに確証を与えてくれた。深く、つねにいっそう深く掘り下げながら仕事をすること」(*The Letters of Samuel Beckett*, vol. III, p. 9)。

一方、ベケットのほうもパンジェを讃えて励ます手紙を送っている。おそらく『審問』のタイプ原稿をめぐるとおもわれる一九六二年四月八日付の書簡を見てみよう。「しなやかで透明なかつてない文章《エクリチュール》はもちろんのこと、くわえて印象的だったのは、いわば魂にあてられた照明だった。それがあまねくすべてを包み込み、すべてを静めてくれる。墓への埋葬をそっと愛撫する影の国ウンブリアの空気のようだ。こんなふうに存在を抱擁することは、きみにしかできない。きみがいままでつくってきたほとんどすべてのもののうちにあるものだが、ここまでの輝きを放っていたことはいままでなかった。これは偉大な作家、偉大な心によるものだ」(*Ibid.*, p. 474)。また、『パッサカリア』については次のように書き送っている(一九六九年五月二十日付)。「『パッサカリア』を読み終えたところだ。非常に好みの作品だ。最良のインクで書かれた一級品。これ以上たくみに語ることのできる作家なんていない。最高の讃辞《ブラヴィッシモ》と感謝を。心より。サム」（*The Letters of Samuel Beckett*, vol. IV, p. 161）。

パンジェ作品のなかには、ベケットへのオマージュが散見される。たとえば、本書における「しあわせな日々（les beaux jours）」は、言うまでもなくベケット作品の題名である。また、頻出する「厩肥（fumier）」という語も、パンジェの翻訳した『すべて倒れんとする者』に見られるものだ。「厩肥」は文字どおりの「堆肥」、さらには「嫌悪を催させるもの」などのほかに、« être comme Job sur son fumier » という成句で、「（旧約聖書の）ヨブのように極限的な悲惨や苦痛にまみれること」を意味する。厩肥のうえで死ぬこと、倒れて厩肥にまみれること、這うこと、そこから立ち上がることとは、そうした譬喩的な文脈を否応なく喚起するものだ。付言しておくなら「倒れる、落ちる（tomber）」が、「墓（tombeau）」と結びつくのも、おそらく二人に共通する点である。『パッサカリア』においても、作品全体をとおして、夜の闇や死体を含め様々なものがたえず落下し倒れ続けることに気づかれるだろう（落下の主題）。また個々の主題の類縁性といった次元とは別のところで、二人のあいだには通じ合うものがあったはずだ。この絶望的な星のうえでどうにか耐え抜くために、いかにきつく惨めなことがあったとしても仕事を続けること——ベケットがパンジェに送った別の手紙の言葉である（*The Letters of Samuel Beckett*, vol. IV,

p. 29)。初期の遊戯に満ちた饒舌な作品群から、ユーモアの感覚を残しつつ、硬質な削ぎ落とされた散文へと徐々ににじり寄っていった足跡も、双方を結びつけている点だろう。『パッサカリア』は、パンジェが硬質でミニマルな散文への転換を行った最初の作品のひとつである。

ファントワーヌとアガパのあいだ

スイスとフランス、トゥレーヌとパリ、田園と都会、詩と小説と戯曲、音楽と文学、ベケットとロブ＝グリエ……。このように、「と」をつぎつぎと生みだし、「あいだ」の揺らぎのなかに棲むパンジェが一九五一年に初めて刊行したのは、言葉遊びとナンセンスに満ちた短篇集『ファントワーヌとアガパのあいだ』(*Entre Fantoine et Agapa*)だった。この架空の土地の名は、かれのその後の作品にとって重要な意味をもつようになるだろう。かれの言によるなら、「『ファントワーヌとアガパのあいだ』は、わたしの様々な本の総題となりうるものかもしれない。わたしの本はすべて、この空想上の地方を喚起し、そこにある土地の名と人物の名を呼び起こすものだ」(*Robert Pinget à la lettre*, p. 19)。パンジェにおいては、バルザック的な人物再登場、より正確にいうなら、「人物の名」と「土地の名」の再登場が、方法論的にきわめて頻繁に行われるのだが、デビュー当初からパンジェが、名前や言葉の響きにこだわって書く作家であったことが垣間見える。同短篇集に収められた「ファントワーヌとアガパのあいだ」という掌編では、辞書で見つけたふたつの異なる言葉から出発して、そのあいだをつなぐ物語を発想するという手法をもちいており、それは、同書の執筆後に読んだレーモン・ルーセルの名高い手法とそっくりなものだったのである（*Robert Pinget à la lettre*, p. 163）。注意すべきは、作品の生成する場がいずれかの言葉のなかにあるのではなく、ふたつの言葉のあいだ、すなわち、増殖してゆく「と」のなかにあるという点だろう。パンジェ作品の言葉は、あいだ、隙間、ひび割れをつくりだし、そこを通路として飄々と移動してゆく。

先の題名のうちの「ファントワーヌ（Fantoine）」は、「アントワーヌ（Antoine）」というフランス語の男性の人名――言うまでもなくフローベール『聖アントワーヌの誘惑』に連なる名である――とともに、「ファントム（fantôme）」、すなわち「幽霊」、「幻影」、「幻想」、「影」、「やせた人」といった意味を想起させるものである。この言葉は、いわば現実と幻影が貼りついて出来あがったものなのだ。作者自身の生きた現実と関連する面でいうと、パンジェのトゥレーヌの家には、かれがじぶんで材料を一つひとつ積み上げてつくった小塔があったし――隅に塔のある邸――、植物、庭もパンジェが愛したものだ。『パッサカリア』にもその痕跡が見られるように、こうした主題はパンジェが繰り返しもちいたものである。ただし、作家自身の嗜好や実在の土地から得た経験をもちいる場合でも、パンジェは作品内にあるものすべて、すなわち人も、土地も、事件もすべて空想上の幻影であることを繰り返し強調した。現実は空想、幻想によって何度も練りあげられ、その素材がさらに言語という媒介をくぐりぬけたうえでなければ、作品上にあらわれることはないのである。幻想の錬金術を経て言語がつくりだすパンジェ的フィクションのなかで、現実と幻想は混ぜ合わされ、たえざるあいまい化、たえざる相互浸透が行われる。「ファントワーヌ」とは、作品内における現実の幻想化と、幻想の現実化を一息に言い表すべく、ふたつの語を接着させた「カバン語」（ルイス・キャロル）と言ってもいいかもしれない。

たとえば、« fantôme » という語がもちいられるなら、この語が結び目となって結合させていた、「幽霊、亡霊」（死者）と「やせた人」（生者）というふたつの意味が分岐することになるだろう。そして、この複数の意味へとひび割れた言葉のなかで、今度は、死者の幻と生身の身体、幻影と現実が交錯してゆくことになり、もはやどちらともいえない世界が立ちあがってくることになるのだ。歩んでいるのは空想の道なのか、現実の道なのか、それとも、空想そのものを歩ませているのか。パンジェにおける幻想／現実の識別不可能性という主題が顕在化してくるとき、ひとつの言葉＝ひとつの意味という安定的な対応関係にひびが入り、ひとつの言葉のなかに、ふたつの、あるいは、複数の意味が生成されるのである。そこは、現実と幻想のあいだの場所でもあるはずだ。

いくつか例を挙げるなら、本書における「骸骨（carcasse）」は「がりがりのやせっぽち」の意味でもあり（したがって森に散らばる骸骨は、森に散らばる生身のやせっぽちの人間たちでもあり）、「鴨（canard）」は「でたらめ、デマ」の意味でもあり（したがって鴨売りの男はデマをまき散らしており、たえず邸にはでたらめが持ち込まれ、さらには鳥が作品全体を通して人の譬喩になっていることもあって、焼かれる鴨は地獄の業火にみまわれる人間のようでもあって）、「ジャム（confiture）」は「ぐちゃぐちゃになった物事、状況」ばかりでなく、「調合した麻薬、幻覚剤」を指すのにももちいられる（したがってすべては幻覚かもしれず、あるいは麻薬の生産に関わっているのかもしれず、あるいは仲良くジャムをつくっていただけかもしれず、あるいは生活が滅茶苦茶になっているのかもしれない）。また「主人（maître）」は、邸の「持ち主」であるばかりでなく、「（作家としての）巨匠」、「（学校の）先生」でもありうるし（したがって、いかがわしい魔術を説いてまわる「教師（instituteur）」と同一人物なのかもしれないし、そうでないのかもしれないし）、相棒である「ドクター（docteur）」は、「医者」、「博士」はもちろん、「衒学者」でもありうるだろう。そうなると、本作のなかに果たして「主人」や「ドクター」は何人いるのか、という疑問が浮上してくることにもなるだろう。さらに言うなら「女中」、「養子」は何人いるのか、邸はいくつあるのか、時代はいくつあるのか。幻とも現実ともつかない存在たちは、本を読み進めるにつれ、ゆっくりと増殖を続けてゆくかのようだ。

くわえて、ひとつの言葉から無数の意味へと分岐してゆくのと並行して、ひとつの言葉から別の複数の言葉へとひび割れてゆくという経路もあるだろう。たとえば「骸骨／やせっぽち（*carcasse*）」は、「（お皿などを）割る、壊す（*casser*）」、「頭痛の種（*casse-tête*）」、「気苦労（*tracasserie*）」と響き合い、「*carcasse*」の「*car*」を英語として解するなら「車」となり、故障したトラクターや、リア硝子の外れたいかがわしいトルペード型自動車へと横すべりしてゆくはずだ。パンジェ作品の大きな特徴は、複数の言葉／複数の意味へとひび割れてゆく言葉／意味の網目が、びっしり張り巡らされている点にあり、そのすべてを挙げてゆくことはほぼ不可能に近い。ひとつのフレーズから複数の言葉／意味がつぎつぎにめくれあがって剥離し、複数の層をなしてゆくとでもいえようか。ページ上に並べられた言葉たちは、たとえ物質的にはひとつであっても、複数の意味の層――複数の時間の層、物語の層でもありうる――へとおのれの分身たちを解き放ち、そして、それらすべてが同時に進行し、互いに距離を保ったまま交錯を続けるのである（ひとつの意味から複数の言葉へ、ひとつの言葉から複数の意味へ、ひとつの言葉から複数の言葉へ、そして、分岐した言葉と意味の複雑な絡み合い……）。

「ファントワーヌ」とペアになるもう一方の「アガパ（Agapa）」は、パンジェによれば、地中海沿いにある南仏の実在の町名「アゲ（Agay）」に由来している（*Robert Pinget à la lettre*, p. 19）。かれは決してそう語ることはないものの、もちろん、英語で「一人のゲイ（a gay）」と読める地名である。パンジェ自身が、じぶんのセクシュアリティについて公の場で発言したことはおそらく一度もない。ただパンジェ作品の多くでは、男性同性愛ないしは男性同士の親密さが描かれ——主人と召使、壮年男性と甥、父と養子といった主題もそのヴァリアントである——、さほど頻繁にではないが異性装を行ったりする男性の作中人物も登場する。異性装的な要素が出てくる作品には、一九五八年の『バガ』(*Baga*)などがあるが——たとえば女性用のデザインの部屋履きをサイズだけ男性用に特注する人物——、「*baga*」も「*agapa/agay*」のアナグラムであることは一目瞭然であろう(ちなみに同作にも「養子」の主題がある)。いずれにせよ、「アガパ(Agapa)」/「アゲ(Agay)」の呼応を作者みずから示唆していることは、同性愛という主題の暗示を、最初の作品の題名という目立つ箇所で、すでに暗号化して公に示してみせていたのだと述べることにほぼ等しい。

パンジェの作品には、形容詞「gai」や名詞「gaieté」といった語が、頻度はそれほどでもないが、まったく使われないわけでもないという程度のペースでもちいられており、本書では「陽気な華やぎ(gaieté)」、「陽気にはしゃぐ(gai)」といった用例が見られる。また「沼地《マレ》(marais)」は、同性愛者の集う地区として発展してゆくパリのマレ地区を想起させるようでもあるし、都会の散歩道や森に集い、相手を素早く変えながら、朝まで過ごす「骸骨=やせっぽち」たちの情景は、出会いの場を暗示しているのかもしれない。よく知られていた出会いの場(異性間も含む)の一例としては、パリ郊外のヴァンセンヌの森だろうか。ヴァンセンヌにはかつて採石場もあった（なおパリには採石場の跡がいたるところにあり、有名な地下墓地もその名残りのひとつである）。こうした点を考え合わせると、どこで展開されているか定かではない『パッサカリア』の舞台のひとつが、パリとその郊外の実際の地誌を頭の片隅に置きながら空想された場所であった可能性も浮かび上がってくるだろう。

本書の二年後の一九七一年に刊行された『寓話』（*Fable*）では、森での性愛の場面がより具体的に描かれる。白い長衣を着た二人の人物は「森のなかに入ってゆき夜の性交を行った、長い恍惚が朝まで幾度も繰り返され、バラ色の朝焼けのなかで二人の性器が離れていった」。「昼になるとかれはかつての道を辿りなおした、森を通りかかると白い人影が愛し合っていて、その先の道のわきにあるいくつかの畑では裸の男たちが重なり合っていた」（*Fable*, pp. 18, 30）。近年は、ダヴィド・リュフェルによる「パンジェ・クィア」という論文が書かれるなど、パンジェは男性同性愛を主題のひとつとして描いた作家の系譜のなかで、正面から論じられるようになってきている。フランス語文学に通ずる人であれば、たとえばプルースト、ジュネ、トニー・デュヴェール、エルヴェ・ギベールにくわえ、ギィ・オッカンガム、パトリック・ドルヴェ、ラシド・O、ジャン・バティスト・デラモなどの名が思い浮かぶにちがいない（付記しておくなら、国際的にいっても同性愛解放運動が社会的に力を持ちはじめるのは一九六九年以降であり、フランスでオッカンガムらを中心に「革命行動同性愛戦線」（FHAR）が結成されたのは一九七一年、つまり本書刊行以後のことである）。

さらに、「アゲ（Agay）」から連想された「アガパ（Agapa）」という土地の名をめぐって、パンジェ自身が、キリスト教における「神の愛」をあらわす「アガペー（Agapé/ἀγάπη）」や、アガペトゥス（Agapet）という六世紀のローマ教皇の名を連想している点にも注目しておこう。パンジェがカトリックの作家であることにくわえ、「カトリック」と「同性愛者」というふたつの要素が、「アガパ（Agapa）」というひとつの名前のうえで引き裂かれ、ぶつかり合うからである。カトリックであり、かつ同時に、同性愛者であること。この点を踏まえながらテクストを読みなおすと、たとえば『パッサカリア』でも、先ほどの『寓話』でも、性愛の無垢を示しているようにもおもえる箇所がある。だが同時に、パンジェの作品のなかにキリスト教と罪のモチーフが色濃く出てくるのも事実なのだ。二〇〇九年になって刊行された『割れ目』（*La Fissure*）は、ページの中央を縦横に走って切り裂くふたつの空白によって、一枚の紙葉が四つのブロックに分割されている作品だが、それが空白で描き出された十字架を連想させることはあまりにも明らかだ。『パッサカリア』においては、人形（「ひとがた」と読む）をした案山子がたえず十字架を想起させることにくわえ、「お馬鹿さん、恍惚とした者」などと訳した « crétin »（クレタン）が、「キリスト者」すなわち « chrétien »（クレチヤン）と重ねられており、「愚かな発言（crétinerie）」という語をもじって、「キリスト教めいた愚痴（chrétiennerie）」という造語をわざわざ編み出してもいる。なお、『リトレ』仏語辞典でも「お馬鹿さん（クレタン）」と「キリスト者（クレチャン）」は関連づけられ、前者の「無垢」に言及されているが、本作においてこうした天使的な無垢は去勢の主題と結びつくことにもなるだろう。この「お馬鹿さん」=「子ども」=「キリスト者」は、回想録を執筆している作家（「主人」）や、かれの書いたテクストを読んでいるとおぼしきドクター——両者とも「子どもっぽい」と形容される——にもおそらく跳ね返ってくるものだろう。さらに「厩肥」における肛門性（糞便）と旧約聖書（ヨブ）の連関も、同性愛と宗教に結びつけうる点かもしれない。「アガペトゥス（*Agapet*）」の「ペ（pet）」は「屁」の意味であり、ユーモアや機知も忘れることのできない要素だ。

なお、本書末尾の「シランシー（Sirancy）」も、パンジェ作品（たとえば『審問』）に登場する架空の地名であり、「ファントワーヌとアガパのあいだ」に位置するとされる。この言葉の音の響きからはひとまず、「かくも酸敗し、ひどくすえた臭いのする（si ranci）」といった意味が連想される。それと同時に、パンジェが愛好していたセリーヌ『夜の果てへの旅』のバルダミュが、きらびやかなパリにいたたまれず、逃げ出すようにして医院をかまえた、惨めな貧困に浸食された郊外の街「ランシー（Rancy）」をも、おそらく踏まえている（セリーヌ自身が上記のような意味を意識していた）。腐乱すること、腐臭が漂うことという主題もまた、本書に見られるものだろう。ただし、ジュネを読み返せばわかるように、文学史のなかで、すえた強烈な匂いは否定的な意味をまとうばかりではなく、花咲くかぐわしさでもありうるのだ。

パッサカリア――変奏

ここから先は、『パッサカリア』について見てゆくことにしよう。パンジェは、文学と音楽の安易なアナロジーを斥け、「音楽という領域は文学という領域とは完全に異なるものです」と述べながら、その関係を「変奏の技法」に絞り込む（« Entretien », in Roudaut, *Robert Pinget*, p. 219）。そして、文学における「変奏」というこの作家にとってきわめて重要な手法について語られる際に、頻繁に名が挙がるのが、バッハによる「パッサカリア」なのである（「パッサカリアとフーガ ハ短調 BWV582」）。それゆえ本書は、パンジェの小説技法の中心そのものを題名にしたものだとも言いうるはずだ。「バッハ／わたしの愛する音楽家。／対位法に詳しいわけではないが、重なり合う旋律の線に魅了される。『パッサカリア』のように、主題が様々なかたちで変奏されるものも、同じく魅力的だ。小説『パッサカリア』を書きながら、オルガンのための偉大な『パッサカリア』を毎日聞いていた。／わたしは十二歳から二十七歳まで熱心にチェロを弾いていて（バッハ「無伴奏チェロ組曲」）、それから文学に集中するためにに演奏をやめた。けれども、ひとつの主題が変奏ないし矛盾として反復されることへの愛着は残り、小説と戯曲のなかに生きている。／バッハの芸術に敬意を抱くのはなぜなのか、いまならよくわかる。技術の驚嘆すべき習熟、たえざる創意、予期できない転調、不協和音」(*Robert Pinget à la lettre*, p. 31)。「わたしの本が『パッサカリア』と題されているのは、主要な諸主題の反復と変奏が行われているという単純な事実による」(*Ibid.*, p. 142. なお、音楽と小説（ジッド、クンデラ、ロブ＝グリエなど）の関連について、フランソワーズ・エスカル『対位法――音楽と文学』Françoise Escal, *Contrepoints. Musique et littérature*, pp. 158-182 も参照のこと)。

パンジェにおける音楽の形式（主題と変奏）の文学への応用に際して、鍵となっているのは、かれが変奏を文字どおり行う、という点にある。つまりごく一般的な物語の筋立ての枠内にうまく収まるように変奏の技法を適度に変形し、穏便なかたちでの反復を行うにとどめることは、かれにとって問題にならなかったにちがいない。そうではなく、かれは文字どおり同一の言葉《フレーズ》、同一の主題（たとえば邸）をほんとうに繰り返し、その主題を装飾する部分（たとえば邸の配置）を変形しながら反復した、つまりほんとうに変奏したのである。それも一回かぎりではない、何回も繰り返して。ちょうど音楽においてまさにそうしたことが行われているように、小説そのものをまるごとそうしたかたちにしてしまったのだ。この形式そのものが、本書の主役であるといっても過言ではない。それは全体を読むことでしか、体験できないものだ。

こうした変奏によって生ずるのが「矛盾」であり、「不協和音」である。なぜなら、邸は登場するたびに、どれほどわずかであれ建物の配置や様子が変わってしまい、狂いが生じてくるからだ。住んでいる人物もそう、隣人もそう、その家族構成や家族関係もそう、建物の場所もそう、東西南北もそう、土地もそう、季節もそう、時代もそう、世界もそう。例外はない。極端に言うなら、段落ごとに世界がまるごと別のものになっているようなものだ。三九四の段落、三九四の世界。幾度もくずおれ、崩壊と再生を繰り返す諸世界。たったひとつの真正な本物の世界は存在しない。いわば、すべてが偽物であって、それが積み重なって、ただいかがわしさだけをゆっくりと、静かに加速させてゆく。あまりに静かに狂ってゆくので、なにが起こっているのか見落してしまいかねないほどだ。『パッサカリア』の姉妹編が、作者不明の聖書の「外典」をも意味する『偽書』(*L'Apocryphe*)と題されているのは偶然ではない。どこにもほんとうのものなどありはしない。『パッサカリア』でいうと、最終段落のあとに、もっともらしく「シランシー」と書きつけられる場所は、生身の作者のいる作品外の場を指すことによって作品全体をまとめるどころか、先に見たように、きつくすえた匂いのする架空の土地の名であり、いっそう妖しい雰囲気を全体にまとわせることにしかならない。それじたい過去作品——たとえば一九六八年の『ル・リベラ』(*Le Libera*)では子どもの死と捜査という主題が反復的に取り上げられる——の変奏である一九六九年『パッサカリア』(*Passacaille*)じたいの変奏として、一九七一年『寓話』(*Fable*)、一九八〇年『偽書』(*L'Apocryphe*)、一九八七年『エネミー』(*L'Ennemi*)といった作品があり、そのいずれも寄港先をもたずに漂流しながら、遠くから信号を送りあうかのような作品群であることを言い添えておこう。

すべてが「偽」であるとなると、段落や作品を跨いで、世界が変わらずひとつのものであるようにおもえるというのは、そのように見えているだけの幻（シミュラークル）にすぎないのではないか。同じだというのは、些細なことのようにおもえるぶれやずれを等閑視して、気づかないからなのではないか。パンジェの小説において厳密に同一でありうるのは、人や土地を指す名詞、動作を指す動詞などの、物質的な言葉だけだ。もちろん言葉が同じだからといって、同じものを指しているとはかぎらない。固有名もそう、一般名詞もそうである。「ギャルソン（garçon）」は、カフェの「給仕」なのか、「少年、男の子」なのか。「ファントワーヌ」と同じような両義性はいたるところに張り巡らされている。パンジェは、マドレーヌ・ルヌアールとの対話でこう述べている。「つまり、じぶんで選んだ名前への愛があるのです。だからこそ、複数の本を跨いでそうした名が幾度も見出されることになります。かれらのアイデンティティなんて問題ではありません。かれらの振舞いかたもどちらだっていい。急に年をとっていようが若返っていようがたいしたことじゃない。わたしにとってほんとうらしさはどちらでもいいことなのです」（*Robert Pinget à la lettre*, p. 265）。

アイデンティティの喪失。人物も、時も、場所も。もちろん一冊の本のなかでさえも。いや、ひとつの段落のなかでさえも。たとえば、本書中のつぎの文を見てほしい。「井戸を迂回しわずらわしい記憶を振り払いながら、ウマゴヤシの草地を抜け収穫期を迎えたトウモロコシ畑へと足をのばした、冬だった、そのあと甜菜畑から森へ向かったらしい」。とくに特性のない文のように見えるかもしれない。だが、「トウモロコシ」の「収穫期」は夏であるのに対して、読点のあとには「冬だった」とある。この読点の前後でなにが起こったのだろうか。季節がふいに変わったのだろうか。季節の唐突な変化という説を後押しするようにおもえるのが、たとえば、つぎのようなフレーズである。「不思議なんですがね、あちこち飛び廻っているせいでどう言ったらいいかじぶんがいなくなるような感覚になることがあって、別の場所か別の季節にいるような気分にときどきなるんです、ぱっといきなりですよ、ついこのあいだなんて移動中いきなり真冬になってしまったもんですからね、まあそんなに長く続くわけじゃないにしても気をつけなきゃなあ、どうおもいますドクター」。しかし、たがいに隔たった段落同士が、たがいに対応しあっているということを、どうして保証できるだろうか——この作品では隣り合った段落同士でさえ、うまく対応しないというのに。最初の引用（「主人」だとおもわれる人物の姿が描かれている）は、第二の引用の主体（「鴨売りの男」）によって体験されたことだとでもいうのだろうか。じぶんのものではない記憶が蘇ってくることもあるとすれば、そうかもしれないし、そうではないかもしれない。なんの保証もない。また最初の引用における、「そのあと甜菜畑から森へ向かったらしい」の「そのあと」は、いったいどの時点の「あと」なのだろうか。季節はもとに戻ったのだろうか、それとも、さらに別の時に飛んでしまったのだろうか。いずれにせよ、時は脱臼しているのではないか。時計が、時そのものが壊れているのではないか。疑念はつのるばかりだ。

その一方で、異なるもの同士を、「同じ」と見なしてしまうアイデンティティの幻想が生じるのは、『パッサカリア』でもちいられる主題によるなら、人間と人形、すなわち現実とシミュラークルを取りちがえるようなものだ。取りちがえと、それに気づくことで生じる困惑は、妖しい快楽をともなうもので、それは読むことの快楽の一部をなしている。とりわけ段落冒頭の接続詞は、前後の段落をつなぐかのような使われかたをしているし、同じ身振りをする物や人物たち、たとえば静かに揺れる「耐風ランプ」と、編み物をする「老婆」や居眠りをする「番人」とが淡く重ねられる。読者は先行する場面の記憶をもっているかぎり、同じ動作をしている異なるふたつのものを重ねてしまうし、同じ言葉をもちいて指示されている対象は同じものだとつい考えてしまう。この錯覚は避けがたいが同時に、記憶があるかぎり、ときに露骨で、ときにさりげない狂いやぶれには、気づかざるをえない。つなぐ記憶、ずれる記憶、引き裂かれる記憶。パンジェが述べる「矛盾」も、「不協和音」も、あくまで小説の言葉を読みながら、読者が人物や場所の「同一性」を想定し、それと戯れているからこそ、いっそう鋭く生じてくるものだ。

パンジェは音楽の形式を下手にいじることなく、文字どおり文学に移植することで、音楽とは別の不協和、ないしは無調に近い響きを、小説上に生み出せることを発見した。文学にだけ可能な音楽、ほかの仕方では体験できない響きを、である。パンジェのいう「声」の探究とはおそらくこうしたものだ。かれは変奏の技法を純化したかたちで実現すべく、小説のコンポジションを構想していき、不協和を際立たせるひとつの作品を生みだした。この形式を実現するということは同時に、新しい小説形式を創設するということを意味していた。変奏の技法を部分的に採用している小説は数多くあるが、全面的に採用している小説は数少ない。そのなかでも、この特異な変奏のリズムを持っている作品は、おそらく『パッサカリア』しかない。本書は美的な形式の構成へと向かうはっきりとした意志に貫かれている。パンジェが意図的な矛盾を愛していると述べているのは、変奏という方法をもちいたがゆえに生ずる脱臼に、じっと耳を澄ませているということだろう。ベケットの言葉を借りるなら、不協和の構成／作曲を通して、「上手く破綻する」ことにパンジェは成功しているようだ——たとえ、破綻の構成に成功することじたいを、さらに破綻させなければならない、という別の問題が生じてくるとしても（この観点からパンジェやロブ＝グリエに言及しつつ、ベケットについて鋭く論じたのが、レオ・ベルサーニ『バルザックからベケットへ』である）。

ただし留意しておかなければならないのは、バッハの形式を採用したパンジェは、じぶんの作品のことを決して「現代的」だとも、「前衛」に与しているともおもっていなかったということだ。かれにとって、『パッサカリア』は現代的な前衛小説ではない。バッハからはむしろ古典主義やバロックといった形容が浮かびもするのだが、そうだとするなら本書の漂う時空は、それが執筆された時代から数百年離れた、十七世紀から十八世紀の周辺にあるのかもしれない。おもいつくままに名前を並べるなら、セルバンテス、デカルト、バッハ、バークリー、ルソー、ディドロたちの生きた時空である。とりわけデカルトについて付記しておくなら、暖炉のまえで、睡眠について、幻覚について、土台からひっくり返すことについて、悶々と省察を続けていたはずのデカルトは、おそらく幻影との取りちがえをめぐる奇妙な心地よさについて知悉していたはずで、パンジェによる「主人」の人物造形のなかには、その影がいくらか認められるようにおもわれる(デカルト『省察』からヴァレリー『テスト氏』を経て、パンジェ『ソンジュ氏』へと連なる系譜)。現実と幻覚、身体と機械の取りちがえについて幾度も考える存在。身体の実存を疑い、見えるものを疑い、聞こえるものを疑い、暗闇のなかで溺れるようになりながら、ただ思考＝声が浮かび上がってくるのをじっと待ちかまえる存在。おのれの存在を思考することに依拠させたがゆえに、思考の躓きをなによりおそれる存在。それは、ベケット的な存在とも地下で秘かにつながるものかもしれない。偶然にもデカルトは、パンジェが居を構えたトゥレーヌ近郊の出身だった。

パッサカリア――推理

破綻／成功をめぐる問題は、別の観点からも語ることができるだろう。『パッサカリア』は一種の推理小説であり、その破綻と成功なのである。どういうことか。

本書の冒頭では、一人の男が厩肥のうえで死んでいたということが語られる。死の当日に、かれを邸で見かけた目撃者である「番人」（「歩哨」とも訳しうる）がいたようだ。通常の推理小説であれば、この死んだ男は誰なのか、どこで、いつ、どのように死んだのか、なぜ死んだのかを検証することになるはずだ。そして様々な紆余曲折やどんでん返しを挟みつつ、身元、時、場所、方法、理由が特定されてゆくことになる。つまり様々な蛇行、飛躍、欠落が、最終的にはひとつの「真実」へと収斂してゆくのが定番の展開である。『パッサカリア』冒頭部は、そうした展開をまず穏当に予期させる。だが、先を読み進めるにつれて、死んだ場所や時がいつのまにか別のものになってはいないか、発見者も別の人間になっていないか、という疑念が視界に浮上してくることになるだろう。いったい誰のことを話しているのだろうか。死んだのはいったい誰なのか。というか、ほんとうに誰か死んだのか。それともいったん死んで蘇ったのだろうか。こうした推理をめぐる仕掛けとして、アイデンティティの宙吊りそのものが説話的な緊張の持続に寄与するアンリ＝ジョルジュ・クルーゾー『悪魔のような女』（一九五五年）や、ジャン＝ピエール・メルヴィル『影の軍隊』（一九六九年）といった映画を思い浮かべる人もいるかもしれない。

『パッサカリア』においては、死者や発見者や目撃者をめぐる「矛盾」と「不協和音」が矢継ぎ早に発生してくるなかで、誰が、いつ、どこで死んだのか、ということと同様に、というよりもそれ以上に、そもそもなにが起こったのか、いや、なにか起こったのかということが問題となり、読者の関心の的がずれてゆくことになるだろう。なにかが起こったから調査のようなものが起こるはずなのに、そもそも、当の「なにか」そのものが揺らぎ始めてしまうのだから。なにも起こっていないのに、推理だけが空転している小説なのだろうか。こうした疑念はいつしか、この小説のありようそのものをめぐる関心へと緩やかにシフトしてゆく。この作品を構成する言葉の群れはいったいなにをしようとしているのだろうか、という問いへと。このように推理の対象のレベルそのものが、本書を読み進めるうちに、つぎつぎにずれてゆく。死体になにが起こったのか、果たしてなにが起こったのか、そもそもなにか起こったのか、小説としてなにが起こっているのか。かくして『パッサカリア』は、ひとつの真実へと収束する穏当な推理小説としては破綻しつつ、しかし、別種の推理小説として、すなわち小説の内容ばかりでなく、小説の機構《メカニズム》そのものをめぐる推理小説としての姿をあらわしてくることになる――この壊れた小説＝機械はいったいなんなのか。この問いをめぐる推理は、果たして答えを見出し、推理小説としてのかたちを完遂させることになるのだろうか。それとも、答えを与えることを放棄させるのだろうか。成功した推理は、果たしてほんとうに成功しているのだろうか。成功と破綻はここでも揺らぎつづけるだろう。

ところで、「事件」と「推理」という形式を採用するということは、事件の被害者（故人）と、事件の調査に関わる者、というふたつの次元をさしあたり準備することになる。そして、『パッサカリア』においては、このふたつの次元が、それぞれ解決されない問いとして提示されることになるのだ。「アイデンティティ（身元）」など、どうでもよいではないかと公言する作者の手になる小説としては、当然かもしれない。あるいはベケットの『名づけえぬもの』冒頭の問いが、被害者にも、調査に関わる者にも適用されるのだと言ってもよい。「いまどこ？　いまいつ？　いま誰？」——どこで、いつ、誰が死んだのか。どこで、いつ、誰が検証し、語っているのか。こうしてまず、死体のアイデンティティが彷徨いだし、自然死なのか、殺されたのか。ほんとうに誰か死んだのか。死ぬということはなんなのか、どこからが生者で、どこからが死者なのだろうかといった問いが入り乱れてゆくことになる。「死体」という主題そのものが変奏されてゆくのだ。

また、この事件についての調査に関わる者たち、聞き取りを受ける人たち、話し合う人たちがいるはずだが、その身元もあやふやだ。本書で言及される名でいうと「公証人」、「判事」、「町長」、「ドクター」、「女中」、「鴨売りの男」、「かれら」などであり、さらには「憲兵」なども関わっているのかもしれない。そもそも文の主語が省略されていて、各段落の語り手の素性も性別も明示されない場合が多いものの、どうやら「なにが起こったのか」を再構成しようとしている人たちがいるらしいということが、作品の端々から少しずつわかってくる。だが、段落ごとに語り手／視点は変化してゆくと考えたほうがよさそうだ。いずれにせよ、そうした人びとの発する「らしい」、「ようだ」、「にちがいない」といった推測や伝聞の言葉が、作品内にあふれてゆくことになる。さらには捜査、調査、検証のためなのか、あるいは、そうではないのかすらあやふやになりながら、監視している者、盗聴している者、目撃者から証言を聞いている者の存在が、少しずつ影のなかから浮かび上がってくる。ただの私生活の覗き見のようでもあり、犯罪――しかしなんの犯罪なのだろうか――を見張っているようでもある。そして、調査する者たちがいったい誰なのか特定されないままに、しかし、どうも複数人いるがゆえに、いや、もしかしたら一人かもしれないがゆえに、不定代名詞の主語《on》をもちいて、「誰か（on）が見たらしい」、「人びと（on）にはよく聞こえなかった」、「われわれ（on）には決してわかりっこない」、「よく見えなかった」という言葉が、ふいに挿し込まれるようなのだ。たとえば、裁判所内や警察署内で、あるいは、事件が起こった隣近所の家で、人びとが話し合う情景を思い描いてみればいいかもしれない（訳文では、一人称複数の「わたしたち（nous）」と、不定代名詞の「われわれ（on）」

を区別してある)。パンジェの場合、この「誰」が特定できるとは、おそらく考えられていない。もはや特定できる人格をもたず、ただどこかに、いつとも知れずに響くまとまりのない無数の「声」だけが、静かに乱れる言葉の群れとなって作品全体にちりばめられているのだ。『パッサカリア』の前年に、かれはつぎのように述べている。「『ル・リベラ』の声調《トーン》で語っているのは誰なのか、という問題が残されているようだ。それはわたしにもわからない。矛盾した発言が誰か(quelqu'un)によって報告されている……その誰かは、わたしにも身元を明かさなかったのだ」(*Le Libéra*, p. 229)。

おそらく本書独特の浮遊感は、「誰が死んでいるのか」というよりむしろ、「誰が語っている/見ている/聞いているのか」がほとんど特定されないにもかかわらず、その誰だかわからない影のような者たちが姿をあらわさないままに、たびたびその存在を暗示するところから来ている。誰かが覗き、聞き耳を立て、かしましく噂話をしているのだが、その姿そのものは、テクスト上に浮かび上がらない。見えているがよく聞こえない(遠くから覗き見ている)、聞こえているがよく見えない(盗聴している)といったことが起こるのも、どうも姿を隠していることと関連しているようだ。それにしても、そんなことをしているのは、いったい誰なのか。死体について調査に来て、なにが起きたのか推理している人びとなのか。あるいは、近隣の人たちが覗き見、盗聴しているのか。あるいは、誰とも知れない街の人びとが噂話をしているのか。あるいは、すべては作中に出てくる回想録のなかの出来事で、その作者ないしは作者以外の誰か（たとえばドクター）が原稿を読みなおしながら考えているのか。あるいは、古びた本に書かれている昔の出来事を誰かが読んで推測しているのか。あるいは、本や手稿の余白に誰かが書き込んだ言葉が、当の本や手稿の言葉と混ざり合っているのか、そしてそれがさらに、読む者の想念＝言葉と混ざり合っているのか。あるいは、すべてはうわの空の誰かの妄想なのか。それとも誰かの幻覚や幻聴なのか。あるいは、すべてはこの世のことではないのか。あるいは、亡霊たちの墓の彼方からのささやき声なのか。

いずれにせよ、調査をする人物たちのポジションは、いくらか読者のポジションと重ね合わされてもいるようだ。残された痕跡／テクストに向きあい、なにが書いてあるかわからず、必死に解読を試みる姿……。ベラスケス『侍女たち』が指し示す、タブローのまえのあの場所――画家、鑑賞者、モデルが重なる場所――のようでもある（パンジェは、フーコー『言葉と物』のベラスケス論を讃えていた）。本書の変奏である『偽書』では、編集者のような役回りの人物が、さらに複数人つけくわえられ、残された手稿を手にして読み難い文字の解読に挑み、そこに本人のものではない筆跡をみつけ、書き換えも行われているようだと示唆される。そうして、複数の異質な言葉が紙のうえに見分けがたいかたちで混ざり合っていることが暗に示される（なお、バッハの「パッサカリア」じたいが、アンドレ・レゾンによる主題を取り入れて作曲されたものである）。

このようにパンジェの作品において特徴的なのは、語られている内容（人物や邸や季節の描写）のなかに、誰だか特定しえない語り手がとつぜん割り込んでくることにくわえ、さらには、言葉の異なる複数のレベルが、シームレスにつなげられるという点にある。本書ではたしかに読点を挟んではいるのだが、無数の読点のなかで、異なるレベルの落差を示す読点を見分ける方法はないのだから、ほぼ無標といってもいい（さらに一歩進んで、『この声』では読点さえ消える）。

本書の段落にはそれぞれ、そこで描かれる情景をどこかから見ている／聞いている「誰か／人びと／われわれ（on）」の存在が貼りついていて、その存在が相応の頻度で、ごく手短に口を挟みにやってくるが、それぞれの場合に、それが誰かは明かされない。その結果、語られている者ばかりでなく、語り手（語っている者／監視している者／盗聴している者）の身元も、「名づけえぬもの」の領域――「いまどこ？　いまいつ？　いま誰？」――に繰り込まれる。そのうえ、作中人物や作中のオブジェ（たとえば邸やカラスの群れ）について語ること、語り手について語ること、語ることについて語ること、小説の構造について語ることといった、さまざまなレベルが混淆し、判別しえなくなってゆく。したがって、言葉のレベルをめぐる推理もたえず行われなければならず、しかも、それがたえざる破綻を強いられることになる。本書においてなににつ いて語られているか判然としない箇所があるとすれば、それは言葉の内容ばかりでなく、言葉のレベルそのものが、誤作動を続ける機械のように、たえず揺れ動いているということにも起因するはずだ。たとえば、「静けさ。灰色。」で始まる冒頭がいかなるものであるかを、どう語ればよいのだろう。そもそもなにについて、どのような観点から、誰が、どの次元の話をしているのか。このすべてが移動を続け、しかるべき固有の場所を決してもたないようなのだ。

こうした小説であるからこそ、言説とメタ言説とのあいだの区分けがあいまい化し、メタ言説のほうが、小説の物語内容を語る地階の言説そのものとして伸び拡がってゆきもしつつ、反対に、物語内容を語る地階の言説が、そのままじかにメタ言説でありもする。邸、庭、時計、機械、トラクター、編み物、カラスの群れ、回想録、遺書、暗闇と小さな光、等々は小説をかたちづくる細部であり、小説の全体そのものである。ちょうど「ファントワーヌ」という名において、現実と幻想が密着しすぎて引き離せなくなっているように、ふたつのレベルは癒合している。『パッサカリア』では地階の言説とメタ言説の境界が、まるで波打ちぎわの石と水のようにたえず互いに浸食しあい、相手の領域にそっと忍び込んでゆく。それによって概念上の区別は残しつつ、テクスト的現実のなかでは双方が溶け合ってゆくのである。見方によっては、メタ言説の過剰な積み重ねによって、逆に、メタ言説が内側から食い破られている、ともいえるだろうか。地階の言説も、もちろん手つかずではいない。地階からメタ言説がめくれあがってはゆるやかに沈んでゆく過程、一方のレベルの言説がもう片方のレベルの言説をじぶんの領域に繰り返し引きずり込み、物音ひとつ立てずに呑み込んでゆくその静かな反復の過程。これもまた、パッサカリアの奏でる灰色の音楽をなしているのではないだろうか。

パッサカリア――時の救済

本作は一種の推理小説のかたちをとっているために、「にちがいない」、「ようだ」、「みたいだ」、「らしい」という推理、推論、伝聞の表現が全体にちりばめられている。事件の現場に居合わせなかった者たちが、様々な手がかりをもとに、時間的にも空間的にも離れたところから、なにが起こったのかを探り、なんとか再構成しようと試みているのだから、このようなかたちが増えてゆくのは当然のことだ。このときにもちいられるのが、フランス語文法において「条件法」と呼ばれるもので、確からしさの低い事柄、推理・推測、仮定的な事柄、反実仮想、伝聞などを指すのにもちいられる。たとえば、「言ってくれたら、やったのに」（＝言わなかったから実際はやらなかった）のような、実現しなかった可能性をあらわす表現や、「～したのかもしれない」、「～したらしい」（＝実際のところはよくわからない、直接確認していない）という推測の表現などである。これらは、条件法の「叙法的用法」と呼ばれる。

それとは別に、条件法には時制としての役割もあって、過去の時点から見た未来を指すのにももちいられる。条件法の「時制的用法」と呼ばれるものだ。この場合には、叙法的用法のように不確実性、推理、伝聞のニュアンスが必ずしもあるわけではなく、むしろすでに起こった確定的な事実として、過去形で訳したほうがよい例もある。たとえば、「雨が降ったので、大会は中止になった」という文の傍点部は、「雨が降った」過去の時点から見て、未来の時点にあたる大会の中止を指すので、フランス語では条件法で書かれうる文である。そしてこのような文の場合、推理、伝聞のニュアンスは希薄となり、すでに起こった事柄の確認となる（過去から見て未来のことだとしても、現在から見るとすでに過去になっている場合）。

ところで『パッサカリア』のなかには、条件法のもつ叙法的用法／時制的用法のあいだの揺れをもちいて書かれている箇所がかなりあるのだ。そうだとすると、叙法的／時制的な用法のどちらで解釈するかに応じて、まず基点となる時点のずれが生まれ（現在を基点とする推測なのか、過去を基点とする未来なのか）、さらには不確定／確定のあいだでのぶれが起こるのである（ただの憶測なのか、実際に起こったことなのか）。この叙法的／時制的な用法の揺れをあらわすためだろう、英語で書かれたある『パッサカリア』論では、条件法がすべて « may/will » と訳出されている（Robert M. Henkels, *Robert Pinget. The Novel as Quest*, pp. 160-161）。ある意味で、パンジェによって、条件法が「ファントワーヌ」的なものとなり、境界があいまい化されているともいえるのかもしれない。

時をめぐる事態がさらに紛糾するのは、全篇にわたって、さほど長くない段落が多く、なかにはきわめて短い段落もあること、また、段落ごとのつながりが意図的に寸断され、時系列もシャッフルされていること——そもそもカレンダー（暦）がなかったり、その紙葉＝段落が舞い散ったり、順序を入れ替えられたりしていること——、さらには、内容が「変奏」を繰り返し、たえず新たに書きなおされてゆくこと、こうしたことに起因して、文脈にもとづく解釈が実質的に不可能に近いからだ。安定的な時系列のなかの一点へと投錨し、出来事をひとつの時点に固定することだけはできないようにするべく、入念に作品がつくりあげられている。こうした構成に呼応するようにして、一つひとつの段落単位でも、段落内の文でも、時が漂い出すことになるだろう。作品の時系列とともに、世界という時計の針も取り外される。調子の狂った世界と時間は、灰色の瓦礫となって、あっけにとられるほどゆっくり乱れて舞い、気づいたときにはもうなす術もない破局を迎えている。時は粉砕され、時系列的にまっすぐ進むことも、円環をなして循環することもなく、まるで破砕された時の廃墟からまき散らされた時の粉塵たちが、宙を舞い続けているかのようだ。一度ならず破壊され、すべてが廃墟と化す諸世界。パンジェの灰色のロマン主義、滅びをめぐるメランコリア、凶暴なニヒリズムだろうか。あたかも、この破局した世界におけるすべてが、寸断された時が舞い続ける領域に到達するために存在しているかのように。世界は延々と破壊され続ける——この世界と永遠に訣別するために。

おそらくここには、二十世紀の歴史の残響も見出されるにちがいない。異曲同工の戦争と殺戮と破局を繰り返し、瓦礫の山をまえにしてなすすべのない悲嘆に暮れる人びとを産出しつづける現代世界の白々しさは、変奏される破局の旋律とどこかで重なっているようですらある。パンジェは作家としても、従軍経験者としても、世界のどこで起こっている紛争であれ、その「耐えがたさ」に、鋭い関心を向けていた。亡命する人びとの描写が、かれの作品に間歇的な記憶として書きつけられるとき、それはおそらく特定の国や特定の人びとだけを指しているわけではない。かつて旅で赴いた先を尋ねられたパンジェがまず挙げているのは、ユーゴスラヴィア、イスラエル、ポーランド、チェコスロヴァキアといった土地の名であり、二十世紀の様々な紛争、弾圧、暴力を喚起させる場所なのだが、この問いを向けられた一九九三年当時、筆頭に挙げられたユーゴスラヴィアが苛酷な内戦のさなかだったことを想起しておこう（*Robert Pinget à la lettre*, pp. 195-198）。

当のパンジェ自身は、『パッサカリア』における時の氾濫について、ある対話でつぎのように述べている。「時間を無化する手段がひとつあって、それはわたしの書き物のなかにある非時系列化しようとする意志によるものです。たとえば『パッサカリア』冒頭のページから、異なる文法的な時制――現在形、過去形、条件法、半過去――を体系的に使用することで、執拗に過ぎ去ろうとする時間に立ち向かっているのです。単純至極ではあるものの、これは効果的に時間を無化する方法です。執拗に過ぎ去ろうとする時間とはいったいなにか。それは端的にいうなら、死への強迫のことです。書く《エクリチュール》ことによってわたしは、しばらくそのことを考えなくてよくなるのです。そもそも生の瞬間を固定し、それを死によるはたらきかけから守ることこそ、あらゆる芸術作品の特性にほかなりません」。「破壊するのではなく、刷新する時間」、「友として癒してくれる時間」(Roudaut, *Robert Pinget*, pp. 235-236)。

ここで述べられているのは、『パッサカリア』そのものが全体として体現しているような、様々な時(現在、現在から見た過去、過去から見た未来、さらに完了形、未完了形、進行形……)が入り乱れ、互いに寸断されている廃墟としての世界＝時間は、決して死を表現しているものではなく、むしろ死に抵抗するものだということだ。無化をもたらす時そのものを無化すること、到来しては順次過ぎ去り消えてなくなってゆくという、消滅と蕩尽の否応なき宿命に対してあらがうこと。このとき、時の混乱と見えたものが、神的な救済の時間として、ふたたび浮かびあがってくるはずだ。天使的な無垢をたたえた「恍惚とした者」＝「キリスト者」とともに、いささか唐突のようにもおもえる仕方で導入される本書の「天国」の主題を、こうした文脈に位置づけることもできるのかもしれない。というのも、もし神が至高天における永遠の現在から、地上で過ぎ去る過去、現在、未来を一息に見渡しているとするなら、その永遠の時間において、すべては滅びを免れ、あらゆる死は忘却から救い出され、一息に記憶にとどめおかれることになるはずだからだ。アウグスティヌス風にいうなら、永遠の天体は相対的な動きによって朝焼けや夕暮れをもたらすことこそあれ、それそのものが過ぎ去り、消滅することはないのである（くわえて作中の「灰色」が沈鬱さを示すばかりでなく、パンジェと同じくスイス出身の画家パウル・クレー――天使とも、音楽とも、オリエントの快楽の園とも無縁ではない――の「灰色」に近しいものだとしたらどうだろうと、つい夢想してしまう）。

天国のなかでも最高位にある至高天から、神はあらゆる時を眺めることができる。ダンテ『神曲　天国篇』第二十八歌以下の描写にあるように、その光景に人間が辿りつくことが仮にあるなら、様々な時は散乱し、乱反射して見えるにちがいない。なにせあらゆる時が見えてしまうのだ。宇宙のなかのあらゆる時が、目と耳に一気に押し寄せてくるところを想像すればいい。些細だとされてきたものも含めて、過去の破局が、まさに過去進行形として、いまだ終わっていないものとして何度も映しだされ変奏される世界。あるいは、これから起こる出来事に気づくことなく時を過ごす人びとの姿が幾度も変奏される世界。制限された知性しかもたない人間には、というより、一つひとつの場所に、言葉を一つひとつ置いてゆくことしかできないテクストには、至高天から見える光景のまねびとして、様々な時の断片を混沌とした仕方で書き連ね、死せる者たちの魂の物質を、文字としてどうにか保存しようとすることしかできないはずだ。そうして書かれた言葉《フレーズ》の一つひとつからは、複数の時空、物語、意味が、それぞればらばらの層としてめくれあがり、分離してくるだろう。そうして時が千々に乱れる大伽藍がもしも出来あがったとして、むしろんそれはあくまで、神のまねび（イミテーション）、ないしは、模造品（シミュラークル）としての瓦礫にすぎない。そうだとしても、『パッサカリア』全体が、天国から見た神的な光景を翻訳し、再構成しようとする試みなのではないか、という点に変わりはない。あらゆる時がそのなかに散乱しながら、記憶として保存され、あたかもすべてが静止し、穏やかに舞い散るような場。『パッサカリア』という混沌とした瓦礫＝作品は、朗読のたびに紙葉の順序が入れ替えられるマラルメの《書物》を模しているともおぼしき作品である。たえざる変奏を行うこの作品は、破壊をテクスト上で物質的にとどめ、死への抵抗を試みる大伽藍であろうとしたというか、その壮大な廃墟であろうとしたものなのではないだろうか。ただし、それは「すべて刷新しなおすためにすべてを語りなおすこと」に向けて、おのれを開き続けるだろう（*Fable*, p. 30）。

ウェルギリウスやアウグスティヌスとともに、ダンテ『神曲』を参照しているとおもわれる『パッサカリア』の世界において、地獄（地底）と天国（宇宙の頂）のあいだに挟まれている、煉獄＝地上とは罪を浄めようとする死者たちの世界でもある。この煉獄＝地上から至高天へと向かう扉は、地上と天国が切断されている以上、邸の庭のそれのように朽ちたもの、壊れたものとならざるをえないだろう。しかし、『パッサカリア』では、その扉を通って邸に訪問者がやって来るらしい。それは、天国から天使がやって来る扉だろうか、同じであった試しのない相手がやって来る扉だろうか、親密な聞き手のドクターが通う扉だろうか、麻薬が開ける知覚の扉だろうか、それとも——。そして扉の向こうにはなにが開けるのだろうか。救済に成功したのか、破綻したのか、確かなことはひとつもない。厩肥へと倒れ続けること、這うこと、坐ること、むくりと起き上がること、その反復と変奏、硬直と弛緩。はじまりも終りもない。ファントワーヌとアガパのあいだには無数の声が反響するだけだ。「優れた作家は、なにも言うべきことがないという感情をつねに抱いているものです」。パンジェはこう述べている。

最後に、あとがきの執筆に際して参照した文献を挙げておく。

Robert Pinget, *Entre Fantoine et Agapa*, La Tour de Feu, 1951 ; rééd. Minuit, 1966.（『ファントワーヌとアガパのあいだ』）

——, *Mahu ou le matériau*, Robert Laffont, 1952 ; rééd. Minuit, 1965.（『マユあるいは素材』）

——, *Baga*, Minuit, 1958.（『バガ』）

——, *Le Fiston*, Minuit, 1959.（『息子』抄訳、江中直紀訳、『早稲田文学』二〇〇三年三月号所収）

——, *La Manivelle* suivi de *Lettre morte*, Minuit, 1960.（『手回しオルガン』、『配達不能郵便』）

——, *L'Inquisitoire*, Minuit, 1962.（『審問』）

——, *Quelqu'un*, Minuit, 1965.（『誰か』）

——, *Le Libera*, Minuit, 1968.（『ル・リベラ』）

——, *Passacaille*, Minuit, 1969.（『パッサカリア』、本書）

——, *Fable*, Minuit, 1971.（『寓話』）

——, *Cette voix*, Minuit, 1975.（『この声』）

——, *L'Apocryphe*, Minuit, 1980.（『偽書』）

——, *Monsieur Songe*, Minuit, 1982.（『ソンジュ氏』）

——, *L'Ennemi*, Minuit, 1987.（『エネミー』）

——, *Robert Pinget à la lettre. Entretiens avec Madeleine Renouard*, Belfond, 1993.（『ロベール・パンジェ　文字に寄り添って——マドレーヌ・ルヌアールとの対話』）

——, *La Fissure* précédé de *Malicotte-la-Frontière*, MētisPresses, 2009.（『割れ目』、『マリコット＝ラ＝フロンティエール』）

Samuel Beckett, *Tous ceux qui tombent*, traduit de l'anglais par Robert Pinget, Minuit, 1957.（『すべて倒れんとする者』、『ベケット戯曲全集１』所収、安堂信也・高橋康也訳、白水社、一九六七年）

——, *The Letters of Samuel Beckett, vol. II : 1941-1956*, Cambridge University Press, 2011.

——, *The Letters of Samuel Beckett, vol. III : 1957-1965*, Cambridge University Press, 2014.

——, *The Letters of Samuel Beckett, vol. IV : 1966-1989*, Cambridge University Press, 2016.
Leo Bersani, *Balzac to Beckett*, Oxford University Press, 1970.
江中直紀『ヌーヴォー・ロマンと日本文学』せりか書房、二〇一二年。
Françoise Escal, *Contrepoints. Musique et littérature*, Méridiens Klincksieck, 1990.
Robert M. Henkels, *Robert Pinget. The Novel as Quest*, The University of Alabama Press, 1979.
Alain Robbe-Grillet, *Les Derniers jours de Corinthe*, Minuit, 1994.
Jean Roudaut, *Robert Pinget. Le Vieil homme et l'enfant*, Éditions Zoé, 2001.
David Ruffel, « Pinget *queer* », in *Robert Pinget. Matériau, marges, écriture*, textes réunis et présentés par Martin Mégevand et Nathalie Piégay-Gros, Presses Universitaires de Vincennes, 2011.
Pierre Taminiaux, *Robert Pinget*, Seuil, 1994.
Europe, « Robert Pinget », no 897-898, janvier-février 2004.
Revue des Sciences Humaines, « Robert Pinget Inédits », no 317, 1/2015.

*

ロベール・パンジェのことを初めて耳にしたのは、大学の学部での江中直紀先生の授業だったようにおもう。もう二十年近くまえのことである。ロブ＝グリエ、クロード・シモンと同じように、愛着をもって語られていたロベール・パンジェという名前は、日本語訳がなかったこともあって、ほとんど伝説的な存在として記憶に刻み込まれた。江中先生は批評家として、一九八〇年代初頭からパンジェの紹介を積極的に行ってこられた。『ヌーヴォー・ロマンと日本文学』（せりか書房、二〇一二年）に収められた読解は、「紹介」という狭い枠を遥かに超えて、その鋭さをまったく失っておらず、繰り返し読まれるべきものであり続けている。また二〇〇三年には、パンジェ『息子』の抄訳を発表された（『早稲田文学』二〇〇三年三月号所収）。

訳者自身がパンジェの本を初めて読んだのは、いつのことだかもう思い出せない。おそらく大学院修士のころだろうか、古書店の入口手前、扉の左側に積まれた本のなかから見つけて、初めて手にしたパンジェの作品が『パッサカリア』であり、強く揺さぶられるような衝撃を受けた読書体験だったことはいまもはっきり覚えている。学部のときに、ベケット『名づけえぬもの』を原書で読んだ際に受けたのと同じような感触だった。小説の技術上のことだけではない、なにかとてつもなく異邦な仕方で小説が書かれているという印象を受けた。ベケットのいう魂の照明に近いものかもしれない。小説のなかで起こることの一つひとつに敏感に反応しながら読み進めていった。それ以来、『パッサカリア』をいつか訳せたらという身の丈にあわない願いを、十年近く抱いてきた。文字どおり夢見ていたといってもいい。そんな翻訳の企画の実現のために尽力してくださった早稲田大学文学学術院教授の芳川泰久先生、ご提案を快く受け入れてくださった水声社社主の鈴木宏氏に、心より御礼を申しあげたい。鈴木氏からは訳文に対してきめ細かなご指摘をいただき、長い翻訳の過程を全体にわたって見守っていただいた。

翻訳の作業は困難の連続だった。誰が、誰のことを話しているのかも判然としない。主語も省略されている。可能性が無数に分岐してしまう。文をどこで切ればよいのかもわからない。読むときの楽しみだったそうした点は、そのまま翻訳をめぐる難問に直結していった。拙い語学力のせいもあって、全体を訳しなおすたびに、作品がまったく別の相貌をまとってあらわれてきてしまう。その結果、手元には異なる訳の異本がいくつも残ることになり、そのなかには、本書で言われているような、苦労のあとばかり目立つ無残な残骸が無数に含まれている。浮き沈みを繰り返し、幾度も壁にぶつかった翻訳の作業をなんとか終えることができたのは、支えてくださった方々、訳稿を読み励ましてくれた友人のおかげである。ありうる誤訳についてはもちろん、すべて訳者一人の責任であることは言うまでもない。訳出に際しては、バーバラ・ライトによる英語訳を参照したことを、感謝の念とともに申し添えておく（Robert Pinget, *Passacaglia*, in *Trio*, introduction by John Updike, translation by Barbara Wright, Dalkey Archive Press, 2005)。

二〇二〇年十一月

著者・訳者について——

ロベール・パンジェ（Robert Pinget）　一九一九年、スイスのジュネーヴに生まれ、一九九七年、フランスのトゥールに没した。一九四六年以降、パリに住み、ロブ＝グリエやベケットとの交流のなかから、特異な作品を多数発表した。主な小説に、『ファントワーヌとアガパのあいだ』（*Entre Fantoine et Agapa*, La Tour deFeu, 1951 ; rééd. Minuit, 1966.）、『マユあるいは素材』（*Mahu ou le matériau*, Robert Laffont, 1952 ; rééd. Minuit, 1965.）、『審問』（*L'Inquisitoire*, Minuit, 1962.）、『誰か』（*Quelqu'un*, Minuit, 1965.）、『ル・リベラ』（*Le Libera*, Minuit, 1968.）、『この声』（*Cette voix*, Minuit, 1975.）、『偽書』（*L'Apocryphe*, Minuit, 1980.）、『エネミー』（*L'Ennemi*, Minuit, 1987.）などがあり、ベケット作品の翻訳に、Samuel Beckett, *Tous ceux qui tombent*, pièce radiophonique, traduit de l'anglais par Robert Pinget, Minuit, 1957. と、*Cendres*, pièce radiophonique, traduit de l'anglais par Robert Pinget et l'auteur, in *La Dernière bande* suivi de *Cendres*, Minuit, 1959. がある。

＊

堀千晶（ほりちあき）　一九八一年生まれ。現在、早稲田大学ほか非常勤講師。専攻、フランス文学。主な著書に、『ドゥルーズ　千の文学』（共編著、せりか書房、二〇一一年）、主な訳書に、ジャン＝ピエール・リシャール『ロラン・バルト　最後の風景』（共訳、二〇〇九年）、セルジュ・マルジェル『欺瞞について——ジャン＝ジャック・ルソー、文学の嘘と政治の虚構』（二〇一三年、いずれも水声社）、ジャック・ランシエール『言葉の肉』（共訳、せりか書房、二〇一三年）、ジル・ドゥルーズ『ザッヘル＝マゾッホ紹介』（河出文庫、二〇一八年）などがある。

パッサカリア

二〇二一年五月三一日第一版第一刷印刷　二〇二一年六月一〇日第一版第一刷発行

著者――ロベール・パンジェ
訳者――堀千晶
装幀者――宗利淳一
発行者――鈴木宏
発行所――株式会社水声社
東京都文京区小石川二―七―五　郵便番号一一二―〇〇〇二
電話〇三―三八一八―六〇四〇　FAX〇三―三八一八―二四三七
［編集部］横浜市港北区新吉田東一―七七―一七　郵便番号二二三―〇〇五八
電話〇四五―七一七―五三五六　FAX〇四五―七一七―五三五七
郵便振替〇〇一八〇―四―六五四一〇〇
URL : http://www.suiseisha.net

印刷・製本――精興社

ISBN978-4-8010-0570-9

フィクションの楽しみ

ある感傷的な小説　アラン・ロブ＝グリエ
二五〇〇円
もどってきた鏡　アラン・ロブ＝グリエ　二八〇〇円
ステュディオ　フィリップ・ソレルス　二五〇〇円
環　ジャック・ルーボー　四〇〇〇円
パリの片隅を実況中継する試み　ジョルジュ・ペレック
一八〇〇円
傭兵隊長　ジョルジュ・ペレック　二五〇〇円
眠る男　ジョルジュ・ペレック　二二〇〇円
煙滅　ジョルジュ・ペレック　三二〇〇円
美術愛好家の陳列室　ジョルジュ・ペレック
一五〇〇円
人生使用法　ジョルジュ・ペレック　五〇〇〇円
家出の道筋　ジョルジュ・ペレック　二五〇〇円

Wあるいは子供の頃の思い出　ジョルジュ・ペレック
二八〇〇円
ぼくは思い出す　ジョルジュ・ペレック　二八〇〇円
秘められた生　パスカル・キニャール　四八〇〇円
骨の山　アントワーヌ・ヴォロディーヌ　二二〇〇円
1914　ジャン・エシュノーズ　二〇〇〇円
エクリプス　エリック・ファーユ　二五〇〇円
長崎　エリック・ファーユ　一八〇〇円
わたしは灯台守　エリック・ファーユ　二五〇〇円
家族手帳　パトリック・モディアノ　二五〇〇円
地平線　パトリック・モディアノ　一八〇〇円
あなたがこの辺りで迷わないように　パトリック・モディアノ　二〇〇〇円
『失われた時を求めて』殺人事件　アンヌ・ガレタ

二二〇〇円
デルフィーヌの友情　デルフィーヌ・ド・ヴィガン
二三〇〇円
モンテスキューの孤独　シャードルト・ジャヴァン
二八〇〇円
涙の通り路　アブドゥラマン・アリ・ワベリ
二五〇〇円
トランジット　アブドゥラマン・アリ・ワベリ
二五〇〇円
バルバラ　アブドゥラマン・アリ・ワベリ
二〇〇〇円
ハイチ女へのハレルヤ　ルネ・ドゥペストル
二八〇〇円
憤死　エドゥアール・グリッサン　二八〇〇円
赤外線　ナンシー・ヒューストン　二八〇〇円
草原讃歌　ナンシー・ヒューストン　二八〇〇円
暮れなずむ女　ドリス・レッシング　二五〇〇円
生存者の回想　ドリス・レッシング　二二〇〇円
シカスタ　ドリス・レッシング　三八〇〇円
ポイント・オメガ　ドン・デリーロ　一八〇〇円
沈黙　ドン・デリーロ　二〇〇〇円
これは小説ではない　デイヴィッド・マークソン
二八〇〇円
ライオンの皮をまとって　マイケル・オンダーチェ
二八〇〇円
神の息に吹かれる羽根　シークリット・ヌーネス
二二〇〇円
ミッツ　シークリット・ヌーネス　一八〇〇円
メルラーナ街の混沌たる殺人事件　カルロ・エミーリオ・ガッダ　三五〇〇円
連邦区マドリード　J・J・アルマス・マルセロ
三五〇〇円
リトル・ボーイ　マリーナ・ペレサグア　二五〇〇円
石蹴り遊び　フリオ・コルタサル　四〇〇〇円
モレルの発明　A・ビオイ＝カサーレス　一五〇〇円
テラ・ノストラ　カルロス・フエンテス　六〇〇〇円
古書収集家　グスタボ・ファベロン＝パトリアウ
二八〇〇円
欠落ある写本　カマル・アブドゥッラ　三〇〇〇円
［価格税別］